Lunas eléctricas para las noches sin luna

Belén Gache

Lunas eléctricas para
las noches sin luna

Editorial Sudamericana Narrativas

Gache, Belén
 Lunas eléctricas para las noches sin luna. – 1a. ed. – Buenos Aires : Sudamericana, 2004.
 160 p. ; 23x15 cm. – (Narrativas)

 ISBN 950-07-2572-X

 1. Narrativa Argentina. I. Título
 CDD A863

Todos los derechos reservados.
Esta publicación no puede ser reproducida, ni en todo ni en parte,
ni registrada en, o transmitida por, un sistema de recuperación
de información, en ninguna forma ni por ningún medio, sea mecánico,
fotoquímico, electrónico, magnético, electroóptico, por fotocopia
o cualquier otro, sin permiso previo por escrito de la editorial.

IMPRESO EN LA ARGENTINA

*Queda hecho el depósito
que previene la ley 11.723.
© 2004, Editorial Sudamericana S.A.®
Humberto I 531, Buenos Aires.*

www.edsudamericana.com.ar

ISBN 950-07-2572-X

A Alberto Gache y Mercedes Caballero

A Fe Gache

Lunas eléctricas para las noches sin luna

A primera vista, la luna parece un simple plato de vajilla blanca, como los que usa mamá para servir la sopa de cabellos de ángel que yo nunca quiero tomar y que, finalmente, termino no tomando a pesar de sus regaños. Pero la luna no es un plato de vajilla y, si uno la mira fijo durante un rato, puede incluso llegar a ver las extensas caravanas de camellos que se pasean por entre sus montañas de azúcar.

Aunque vista desde la azotea de casa parece estar tan cerca de la Tierra como para que cualquier pájaro pudiera alcanzarla si bate sus alas con la suficiente vehemencia, la luna en realidad está muy lejos. Tan lejos que es imposible llegar hasta allí por barco o por tren. Para llegar hasta ella hace falta cruzar la oscuridad de la noche e ir más allá del viento y de la lluvia.

Apoyada en la baranda de la azotea de casa, observo la enorme luna plateada que brilla sobre la ciudad. A estas horas, Buenos Aires permanece más bien silenciosa. Sólo se escucha la lejana música de algún baile, la sirena de algún barco a punto de partir del puerto, los cascos de algún percherón sobre el empedrado cruzado por los rieles del tranvía eléctrico.

Mi casa mira hacia el río. Frente a mí, veo los jardines del Paseo de Julio plagados de ombúes, gomeros, araucarias, palmeras, jacarandaes, ceibos y toda clase de plantas de las cuales crecen flores grandes como sombrillas. Más allá, los terrenos baldíos y el puerto de Buenos Aires, con los buques de altas chimeneas, las chatas carboneras que los abastecen de combustible y las colosales grúas de hierro.

Aunque es de noche, el puerto nunca duerme. Continuamente salen y llegan barcos provenientes de los lugares más distantes del planeta. Recios estibadores, de oscuros cuerpos, grandes como roperos, cargan y apilan toda clase de bultos, medias reses, vellones de lana y bolsas de granos en los depósitos y en las bodegas.

Marineros de todos los rincones del mundo y de todos los colores de piel realizan las maniobras de entrada y salida de los muelles, revisan las calderas y los motores y se encargan del aprovisionamiento de las naves. Los que no trabajan se encuentran dispersos por los locales del Bajo o duermen exhaustos en las literas de sus barcos. El ruido de los ronquidos de los marineros semejará, seguramente, el ciclo de la rompiente de las olas sobre lejanas y deshabitadas playas.

Más allá del puerto de Buenos Aires, se encuentran el Mare Magnum y la tierra incógnita.

Mi amigo Mirko dice que dentro de unos años, donde ahora están los barcos del puerto, construirán unos veloces trenes aéreos propulsados mediante un sistema electroneumático que cruzarán el océano y llegarán hasta Europa y hasta África. También habrá unos altísimos caminos sobreelevados que, en diferentes niveles, cruzarán la ciudad y se extenderán hasta confundirse con los límites de la provincia. Las casas serán de cristal y Buenos Aires se erguirá vertical en donde ahora hay nada más que un villorrio chato, lleno de barracones y provisorias casuchas. Además, habrá lunas eléctricas que podrán encenderse por las noches, cuando sea noche sin luna.

Por lo pronto, dentro de apenas un par de meses, la ciudad celebrará el Centenario de la Revolución de Mayo. Las autoridades están planeando desde hace rato una serie de fastuosos festejos y actos conmemorativos. Se inaugurarán nuevos monumentos, habrá desfiles y un sinnúmero de espectáculos públicos y vendrán a Buenos Aires importantes invitados de todos los países del mundo.

Entre las múltiples personalidades que asistirán a las fiestas patrias, se destaca sin lugar a dudas la Infanta Isabel de Borbón, tía del Rey de España. Mi mamá y mi tía Crucifixión están de lo más entusiasmadas. Incluso más que si viniera a visitarlas algún pariente nuestro de España. Aunque, claro, nuestros parientes jamás vendrían a Buenos Aires porque, como le contó una vez la tía Enriqueta en una carta a mi tía Crucifixión, tienen miedo de contagiarse alguna enfermedad tropical en estas tierras salvajes.

Cruzando la calle, puedo ver la Plaza Mazzini. Se trata de un predio con árboles, ahora cubierto por nocturnas sombras, por donde se adivinan las figuras ebrias y tambaleantes de los marineros de paso, dispersos por la ciudad en su búsqueda de amores furtivos. Entre los árboles, el monumento de mármol de Giuseppe Mazzini, carbonario y mentor de la Joven Italia, se levanta como un enorme fantasma blanco; su amplia frente en alto, los pétreos Fundamentos de la Joven Italia desplegados en su mano izquierda.

En la esquina de la calle Tucumán, incluso alcanzo a ver a Gabino, el pintor salteño que nos alquila una pieza en el tercer piso de casa, que avanza por el Paseo caminando como un pato, tropieza con algún obstáculo y logra aferrarse a la columna de hierro de un farol un segundo antes de caer de bruces contra el empedrado. La luz del farol ilumina su estrafalaria vestimenta: chaleco de fantasía con pintas verdes, pantalón gris a rayas, zapatos de cuero amarillo y un sombrero orión, a decir verdad, bastante abollado. Viéndolo así, cuesta imaginar que, algún día, este hombre será un célebre pintor cuyas obras maestras encandilarán al público de las más afamadas galerías de arte parisinas.

La luna se oscurece de pronto sobre el cielo de Buenos Aires. Su superficie se vuelve rojiza y amenazante.
¿O acaso lo estoy imaginando?

La gran muralla de plata que defiende mi reino

Tengo puesto mi vestido de encaje celeste y llevo el cabello recogido con una trenza tan tirante que me hace doler la cabeza. Me la hizo mamá. Mamá odia mi pelo. Para ella siempre fue motivo de vergüenza. Cada vez que tiene ocasión, trata de ajustarlo y de ocultarlo debajo de algún moño o algún sombrero. Nadie antes en la familia tuvo el pelo rojo. Cuando yo nací con la cabeza cubierta de una áspera pelusa color frutilla, fui motivo de anonadamiento para todos los parientes. ¿De dónde habría sacado yo ese color en el cabello?

—De grande podrás teñírtelo —frecuentemente suspira mamá mirando mi cabeza con desaprobación.

Hoy ha tirado tanto de mi trenza que mis ojos deben parecer los ojos de un chino. Se ha esmerado especialmente en mi peinado porque tenemos visitas.

Mi tía Crucifixión, Escudero —su marido—, y Berta y Beltrancito —sus dos hijos— han venido a tomar el té a casa.

Berta es una niña gorda de unos ocho años. Está vestida con un traje de hada con unas alas de tul. Al bajar de la victoria que los trajo desde su casa, se resbaló en la puerta y cayó en el barro. Ahora tiene el vestido salpicado de tierra y una de las alas de tul se le ha doblado hacia adelante. Beltrancito tiene seis años y posee una cara grande y mongoloide, calco en escala menor de la de su padre. Se diferencian en cambio en que él posee unos rebeldes mechones oscuros que enmarcan su cabeza y que semejan la febril cabellera de Beethoven, mientras que su padre lleva el cabello pegado al cuero cabelludo como si por él hubiera pasado un arado engominado.

—¿Han visto el enorme sol que están construyendo sobre la Casa de Gobierno? —pregunta mi tía Crucifixión.

—Sí, el sol. Parece que cubrirán por completo, con bombitas eléctricas, tanto su cuerpo semicircular como sus rayos —contesta mamá.

Mamá se ha puesto para la ocasión el vestido color damasco con gran cuello de encaje que reserva para los acontecimientos especiales. Enfundada en ese vestido se ve aun más obesa que de costumbre, puede que debido al brillo del raso.

Esta tarde mamá ha decidido servir el té en la sala y no en el comedor de diario y ha sacado a relucir su vajilla de porcelana de Limoges, uno de los regalos de casamiento que aún conserva y que le es más preciado. Estos últimos dos días, ella y Magnolia, la joven que la ayuda con las tareas de la casa, se han dedicado a preparar dulces caseros, ambrosía y yema quemada. También han comprado bizcochos Canale y suficientes galletitas Mitre como para una semana.

Dos pesados sillones de nogal flanquean una mesita baja cubierta por platos llenos de golosinas. Berta y Beltrancito no han esperado a que mamá termine de servir el té a los mayores y han atacado los platos con ambas manos.

—Niños, no debéis atragantaros con tanto dulce —les advierte mi tía a sus hijos.

Sus palabras, ignoradas por los niños, quedan flotando alrededor de la sala cubierta de un empapelado de ramas de almendro sobre las que, cada tanto, se posa algún pavo real u otra ave exótica.

—En la Semana de Mayo la ciudad estará repleta de guirnaldas de luces —comenta mamá.

—Me han dicho que están preparando un coro que, formado por más de treinta mil niños, entonará el 25 de Mayo el Himno a la Bandera —añade mi tía.

—Esperemos que los anarquistas no logren hacer fracasar los festejos patrios —especula Escudero.

Ha prendido uno de esos cigarros turcos que acostumbra fumar. El desagradable y penetrante aroma invade todo el recinto.

Escudero tiene la tez oscura y usa unos enormes bigotes similares a los del Káiser de Alemania. Intento descubrir por qué Escudero me parece tan inadecuado. Después de un rato me doy cuenta: la indumentaria civil le es tan ajena que, cuando está sin su uniforme, parece que la ropa que tiene puesta no le perteneciera. Escudero es policía. Hace pocos meses, nadie se explica muy bien cómo, ha sido nombrado subcomisario.

El tema de la tarde es, sin duda, la llegada de la Infanta Isabel a Buenos Aires con motivo de los festejos del Centenario. María Isabel Francisca de Asís Cristina Paula Dominga, viuda de Gaetano, Príncipe de Borbón y Sicilia y Conde de Girgenti, tía del actual Rey de España, Don Alfonso XIII, vendrá a Buenos Aires en un barco lleno de luces y atracará en el puerto, aquí, a pocos metros de nuestra casa. ¿Quién podría creerlo?

Estos días, toda serie de especulaciones y rumores respecto de la Infanta circulan por Buenos Aires. Se cuenta, por ejemplo, que es aficionada a los toros y a las verbenas. También se dice que, luego de haber quedado viuda a la edad de diecinueve años, ha tenido una serie de jóvenes amantes.

—¿Será cierto que el marido de la Infanta se suicidó tirándose por la ventana de su palacio en Nápoles? —pregunta mamá.

—Tengo entendido que murió víctima de un atentado mientras recorría Hamburgo en una visita oficial —desmiente mi tía. De pronto, la conversación es interrumpida por un profundo y estremecedor timbrazo.

—Debe ser el doctor Gorman —comenta mamá.

Cierto rubor aparece en sus mejillas.

A los treinta y cuatro años, mamá parece haber encontrado un nuevo pretendiente: Pamino Gorman, un médico de unos cincuenta años, que ha conseguido entrar en la vida afectiva de mi madre cuando todos pensábamos que se había extinguido hacía rato.

El doctor Gorman tiene su consultorio vecino a la casa de tía Crucifixión y Escudero, aquí, a pocas cuadras de la Plaza de Mayo, pero no vive en el centro sino que reside en el barrio de Flores, en una casa con un jardín lleno de hortensias y rosales.

—Sírvase, Martirio —dice Gorman, entregándole a mamá una caja en forma de corazón.

Mamá procede a abrir la caja y aparecen ante la vista de todos unas tentadoras y rosadas *cerisettes* rellenas de licor dulce. Las coloca sobre la mesa junto al resto de los platos. Inmediatamente, son atacadas por los niños.

—Disculpen la demora. Un paciente me ha llamado a último momento: una amigdalitis —se excusa Gorman mientras se acomoda en una silla. Se dedica a describir con pelos y señales cómo, no hace ni una hora, acaba de extraer un formidable par de amígdalas grandes y rojas como dos tomates.

El doctor Gorman es completamente calvo. El universo se refleja en su refractante cabeza, invertido como en un espejo convexo.

—La situación se ha tornado verdaderamente ingobernable —está diciendo ahora Escudero con el gesto sombrío.

Evidentemente, la conversación ya no gira en torno a las amígdalas sino a los violentos disturbios que hace tiempo que se vienen sucediendo en Buenos Aires.

—Imagínese, Gorman, que sin ir más lejos los otros días recibimos un llamado de un comerciante de la zona. Su pequeño hijo se había puesto a jugar con un paquete en la vereda y ¡resultó ser que el paquete era una bomba! Por suerte, el hombre nos llamó inmediatamente y mis hombres detonaron el artefacto sin que hubiera que lamentar ninguna víctima. ¡Figúrese que el niño estuvo a un tris de explotar en pedazos delante de los clientes del negocio! —agrega Escudero.

Tía Crucifixión observa a su marido con desaprobación. ¿Siempre sus conversaciones tienen que referir a la violencia? ¿Por qué será tan burdo y poco refinado? Tía Crucifixión siempre ha tenido, por su parte, ciertas veleidades artísticas. Gusta de pasar las tardes pintando flores a la acuarela e, incluso, ha esbozado en ocasiones algunos sonetos.

Escudero prosigue dándole consejos a mi madre:

—Hay que tener sumo cuidado con las personas con las que uno trata. No quiero perturbarte, Martirio, pero tú y tus pensionados… Deberías averiguar mejor a quién dejas vivir en tu propia casa.

Escudero se está refiriendo, sin lugar a dudas, a Gabino, el pintor salteño que vive en casa. Desde el día en que se conocieron, Escudero lo ha tenido, por algún motivo, entre ceja y ceja.

Crucifixión le dirige a su marido una mirada fulminante.

—¿Quién? No te estarás refiriendo a Gabino, ¿no? ¡Pero si es una maravilla de muchacho! Ha vivido nada menos que en París y es un artista verdaderamente excepcional —responde mi tía visiblemente molesta con sus apreciaciones.

—¿Más té, Pamino? —pregunta mamá exhibiendo la tetera de Limoges en el aire.

—Por supuesto, Martirio —responde Gorman extendiendo su taza.

—Como sea, las cosas se han puesto muy feas últimamente y es de esperar que haya nuevos disturbios durante los festejos del Centenario —continúa Escudero.

—¿Durante los festejos? ¿Y estando aquí la misma Infanta? ¿Quién podría tener una mente tan diabólica? —exclama mamá espantada.

Observo a Gorman. Sentado muy rígido en la silla, sostiene el plato con la taza de té a la altura del pecho. Cada tanto, se la lleva a los labios con los ojos cerrados, como si para degustar el té debiera primero eliminar su capacidad de visión. Luego apoya nuevamente la taza sobre el plato y chasquea repetidamente la lengua.

La lámpara de la sala posee cuatro bombitas eléctricas, cada una de las cuales se recubre de una tulipa de vidrio esmerilado en forma de flor. Las bombitas se multiplican sobre la calva de Gorman concediéndole un cierto resplandor áureo.

¿Qué será esa mata de pelo blanco que sobresale por entre el almohadón de la silla y la espalda del doctor Gorman? El almohadón no es, seguro, porque en esa silla hay uno que es blanco pero no así, tan peludo.

—¡Doctor Gorman! —lanzo un profundo alarido y todas las miradas se vuelven sobre mí, alarmadas.

—Por Dios, Ángela, ¿qué te sucede?

—¡Se ha sentado arriba del gato! —Gorman se levanta de un salto con tanta torpeza que tira sobre la alfombra el plato de yemas quemadas.

Sobre su silla, cuando todos esperaban ver el cadáver bidimensional de un felino, no se ve más que el tapizado bordó de la silla, achatado por el peso del médico.

—¡Ángela! ¿Cuántas veces te he dicho que no debes decir mentiras? —mamá clava sobre mí unos ojos asesinos.

—¡Pero si estaba sentado arriba del gato! —reitero confundida.

Mamá está a punto de comenzar con uno de sus interminables sermones, pero los sollozos de Beltrancito distraen su atención.

—¡Te he dicho infinitas veces que, si comes tantos dulces, te crecerán gusanos en el estómago! —tía Crucifixión sacude al niño por el brazo.

Beltrancito ha dejado el plato de ambrosía prácticamente vacío.

—Ángela, haz el favor de irte a la azotea y llévate contigo a los niños —me ordena mamá. Sus palabras suenan terminantes.

En la azotea del edificio, Menguante, el gato, duerme plácidamente. Mi amigo Mirko y yo lo hallamos una tarde bajo una de las palmeras de la Plaza Mazzini. Su pelaje, más que el de un gato, parece el de una vaca: blanco y cubierto con alguna que otra mancha negra. Cuando lo encontramos, comprobamos que al pobre Menguante le faltaba una de las patas delanteras. Cuando camina, lo hace dando pequeños saltitos. Pero la mayor parte del tiempo no camina sino que duerme, enroscado sobre su propio cuerpo como un ouróboros, sobre alguna de las sillas de la sala.

Hoy le han impedido ingresar al interior de la casa debido a las visitas, así que permanece, muy a su pesar, en la azotea.

Al escuchar a los niños, Menguante se levanta y busca refugio tras la torre de la chimenea.

—¡Qué gracioso!, ¡tiene sólo tres patas! —ríe Beltrancito. Dedica los siguientes minutos a extraer al pobre gato de su escondite, tirando de sus patas traseras hasta hacerle perder el equilibrio.

Le advierto a Beltrancito que si no deja inmediatamente en paz a Menguante, llamaré a los soldados selenitas que vendrán a la Tierra especialmente para cortarle a él mismo una pierna.

Les cuento que yo soy la reina de la luna y que cientos de soldados trabajan para mí todas las noches en las minas de plata lunares extrayendo lingotes que usarán luego como ladrillos para construir una gran muralla que defenderá mi reino de los niños estúpidos como Beltrancito.

—Mamá, ¡Ángela dice que viene de la luna y que los selenitas le van a cortar una pierna a Beltrancito! —lloriquea Berta cuando bajamos nuevamente a la sala.

—¿Otra vez con esa historia, Ángela? ¿Será posible? —me reprocha mamá, sin poder ocultar su decepción.

—¿Cómo se te ocurre asustar así a los niños? —me increpa mi tía.

—Esta chica siempre fue difícil —se queja mamá con amargura—, pero la verdad es que, últimamente, se ha puesto decididamente insoportable.

Pintura moderna

Nuestro país es como la palma abierta de una mano. Una palma verde cruzada por el trazado de las vías del ferrocarril, negra serpiente que atraviesa la llanura donde el ganado engorda al sol y crecen los girasoles y el trigo dorado. El ferrocarril desemboca en el puerto de Buenos Aires, desde donde enormes barcos a vapor se llevarán muy lejos, a través del océano, los pedazos de vacas y los granos disecados.

Buenos Aires está cubierta por palacios finiseculares y por lujosos edificios estilo imperio finamente ornamentados, con elegantes fachadas y verjas de filigranas de hierro. Buenos Aires, pequeño París del Segundo Imperio, Campos Elíseos, Bois de Boulogne, con sus anchas veredas bordeadas de plátanos, sus espléndidos bulevares, sus lujosos hoteles, sus cúpulas de pizarra coronadas por monumentales estatuas de bronce, ángeles que sostienen laureles, cuadrigas que llevan antorchas y látigos. Buenos Aires y sus farolas de hierro, sus ánforas y copones, sus monumentos ecuestres y sus fuentes.

Sin embargo, Buenos Aires no se parece a París sino a un desierto de arenas movedizas del cual no solamente es imposible salir sino que, además, uno se va hundiendo de a poco. Al menos así dice Gabino, y vaya a saber qué es lo que lo lleva a decirlo.

Ahora, precisamente, estoy sentada en una silla, en su cuarto. Él permanece reclinado sobre un grueso papel color madera. Está dibujando una naturaleza muerta cuyo modelo se encuentra colocado sobre una mesa junto a la ventana entreabierta de la habitación: una botella de vidrio labrado, dos copas, un periódico doblado en cuatro. Lo veo mover de aquí para allá su brazo, trazando líneas de carbonilla sobre el papel del cual sólo puedo ver el dorso. A su alrededor, esparcidos por el piso, hay una serie de bocetos, también realizados en carbonilla, con fragmentos de la botella vista desde diferentes ángulos, fragmentos de la copa, fragmentos de los losanges de la ventana.

Desde que abandoné el Liceo, paso la mayor parte de mi tiempo dando vueltas por el Paseo de Julio. Mamá me tiene prohibido vagar por las calles. Lo considera impropio de una señorita. Pero yo le invento que me voy a tomar el té a lo de doña Sagrario, que vive a pocas cuadras de casa, y me voy a pasear igual con mi amigo Mirko.

Hoy Mirko no podía salir a pasear conmigo porque tenía que quedarse a trabajar en el negocio de su tía. Además, hace un calor espantoso en la calle. Así que vine al cuarto de Gabino y me senté a verlo dibujar.

Gabino tiene la piel aceitunada y mediterránea y un perfil tan perfecto que parece un dios griego como esos plasmados en los costados de las ánforas. Generalmente, es el hombre más agradable del planeta. Pero, a veces, se pone de un humor insoportable. Los otros días, por ejemplo, se recluyó en su cuarto y se negaba a hablar con nadie. Por el agujero de la cerradura, yo podía verlo pasearse de un lado al otro de la habitación como un oso encerrado en su jaula.

—¿Cómo se me ha ocurrido combinar el rojo cereza con el escarlata? ¡Ahora sí que he arruinado el cuadro! —exclamaba al borde de la desesperación.

Pero este episodio fue, sin duda, excepcional. Yo pienso que se debe, en parte, a que Gabino se aburre mucho en Buenos Aires. Claro, ¡quién no, después de haber vivido nada menos que en París!

Cuando vengo a su cuarto, nos quedamos hablando sobre sus viajes. Cuando era muy joven, Gabino dejó su Salta natal. Se fue a recorrer Europa y, finalmente, se quedó a vivir en París. Allí habitaba en una casa muy vieja junto con otros artistas. Pero hará cosa de un año parece que se peleó con uno de ellos y decidió volver a la Argentina. Ahora, sin embargo, daría cualquier cosa por regresar.

Mamá y tía Crucifixión, a quienes les fascina todo aquello que venga de Francia, siempre le están preguntando:

—Dígame, Gabino, ¿es cierto que las calles de París están tan iluminadas que parecen diademas de diamantes? ¿Es cierto que hay allí tantas vidrieras y tantos carteles que parece que uno estuviera viendo la ciudad a través de un caleidoscopio? ¿Es cierto que las tiendas de ropa son más grandes que las catedrales? ¿Es cierto que todas las mujeres se asemejan en belleza a la Venus de Milo?

Gabino les contesta cada una de sus preguntas y cuando termina parece que ellas quedaran aun más fascinadas que antes. Escudero, en cambio, que es policía, desconfía de Gabino cada vez más. Dice que si ha vivido en París y, sobre todo, si ha frecuentado el ambiente artístico, es muy probable que profese ideas anarquistas.

—¿Ha visto el enorme sol que están construyendo sobre la Casa de Gobierno, Gabino? —pregunto, intentando iniciar una conversación.

Gabino permanece en silencio.

—No —agrega monosilábico, luego de varios segundos.

—Parece que lo cubrirán por completo con bombitas de luz eléctrica —insisto.

Pero Gabino esta vez ni siquiera responde y continúa ensimismado en su trabajo.

Observo la ventana. Un ciempiés está descendiendo por el cortinado escarlata. En estos días de fin de verano, la orilla del río se llena de insectos. Y ni hablar cuando llueve. La calle se vuelve un verdadero barrizal y no es extraño encontrar alguna culebra o algún sapo camuflados en el empedrado del Paseo de Julio. En realidad, el río trae toda clase de cosas. Por empezar, toda esa vegetación putrefacta que baja flotando por el Paraná cuando hay crecida y hace que el río se vea todavía más oscuro que de costumbre. Color chocolate con leche, color azúcar acaramelada con la que bañan las manzanas que venden en la Plaza de Mayo, color alas de cucaracha. A veces, los camalotes que bajan traen sobre ellos serpientes venenosas e incluso un día llegó un tigre despistado que causó terror a los inmigrantes que descendían de las barcazas del puerto. Una vez, cuando todavía iba al Liceo, me acuerdo que volvía caminando por la calle Viamonte y un lobo marino pasó a mi lado arrastrando sus aletas, seguido por unos estibadores del puerto. El lobo marino se refugió en uno de los bares de la Recova y no pudieron encontrarlo. Mirko dijo que seguro que el pobre lobo terminó flotando dentro de algún guiso.

Más allá de insectos, serpientes, tigres y lobos marinos, el río también trae a nuestras costas marineros que día y noche deambulan por el Paseo de Julio, cantan a voz en cuello en las lenguas más extrañas, buscan mujeres, beben hasta caer desmayados, se atiborran comiendo carne vacuna, se hacen tirar las cartas y decir la suerte por las griegas en alguna esquina. Claro que, así como los trae, también se los lleva y, la mayoría de las veces, nadie vuelve a oír hablar de ellos.

Me pregunto si los ciempiés serán venenosos. Magnolia, la joven que ayuda a mamá con las tareas de la casa y que viene de la selvática y misteriosa provincia del Chaco, zona prácticamente deshabitada y completamente inhóspita, me contó que existe allí una mosca que, cuando pica a una persona, la paraliza de a poco hasta que finalmente se le detiene el corazón y muere. Magnolia tiene su pieza en el segundo piso. Comenzó a trabajar para nosotros hará cosa de dos meses. El único conocido que tiene aquí, en Buenos Aires, es su padre, que es ya muy anciano y que trabaja como jardinero en el Palacio D'Orsay, un espléndido edificio finisecular ubicado sobre la avenida Alvear y que hoy pertenece a los acaudalados descendientes del general Pintos.

—¿Ha visto, Gabino? Los otros días ha habido aquí cerca un atentado anarquista. Parece que un niño estaba jugando con un paquete y…

—¡Por favor, Ángela, que ya tengo suficientes problemas esta mañana! ¡Se me ha acabado nada menos que el azul cobalto! Dime, ¿dónde podré encontrar aquí más pigmento como éste si en estas tierras lo único que hay son vacas y más vacas?

Evidentemente, hoy no es un buen día para conversar con Gabino.

Decido irme a la azotea. Al salir de la habitación observo de reojo el dibujo que Gabino está terminando. Pero no puedo ver allí ni botella ni copas ni periódico. Sólo una serie de incoherentes cuadrados negros y blancos.

Eclipse de mano

■

—¿Qué haces, Ángela? —me pregunta Magnolia.
Ambas estamos en la azotea.
Yo estoy mirando hacia el cielo con el ojo izquierdo cerrado mientras tapo el sol con la palma abierta de la mano derecha. Observo el eclipse de mano.
Magnolia está lavando la ropa en un fuentón y friega fervorosamente sobre una tabla de lavar de madera con un pan de jabón amarillo. El agua en el fuentón forma una densa espuma. La superficie se cubre de una capa de burbujas amarillas. La espuma se va poniendo oscura, gris, mugrosa. Magnolia enjuaga las prendas —vestidos de diario, camisetas, camisones— y las estruja cuidadosamente. Luego, las cuelga una a una en la soga que cruza la azotea. Un montón de delgadas pieles desolladas se agitan ahora al viento, cual incorpóreos cadáveres chorreando sus últimas gotas de sangre transparente y enjabonada.
A la azotea se llega subiendo por una estrecha escalera que está ubicada entre las habitaciones de Magnolia y de Gabino. En otras épocas las ocuparon el señor Lipsick, un sastre judío oriundo de la ciudad de Kiev que llegó a nuestro país escapándose de los pogroms, y mademoiselle Colombe, la institutriz francesa.

Cuando era niña, mamá se encargó de que mademoiselle Colombe, que por aquel entonces alquilaba una de las piezas de la casa, la que, de hecho, Gabino ocupa ahora, me diera clases de francés a cambio de parte de la renta de su habitación.

—Una verdadera señorita debe saber hablar francés correctamente —siempre sostuvo mamá.

Mademoiselle Colombe y yo pasábamos el tiempo que duraba la clase leyendo juntas un viejo ejemplar de los *Voyages extraordinaires* de Julio Verne. Leíamos palabra por palabra y Mademoiselle cuidaba mi pronunciación: la boca como o pero diciendo e; la boca como u pero diciendo i. Yo me pasaba las horas mirando las ilustraciones del libro: cápsulas espaciales, embarcaciones rodeadas de monstruos marinos, globos aerostáticos tripulados por hombres de frac y galera.

Pero mademoiselle Colombe también leía otras cosas. Solía leer unas revistas francesas que hablaban sobre la reencarnación y transmigración de las almas. Recuerdo en particular una publicación mensual dedicada al estudio de las ciencias esotéricas. En las tapas había imágenes de hombres con turbantes que levitaban sobre camas de clavos o mujeres consultando tablas de ouija. En el interior se reproducían textos de Abenerabi de Murcia, Nuri de Bagdad, Guenon, y artículos que trataban acerca de la doctrina de la nada, del quietismo y del estado de la perplejidad eterna.

Me acuerdo de un artículo acerca de la intuición del instante, momento que, siendo espiritual, devenía físico a través de la danza de los derviches girantes. Desde que mademoiselle Colombe leyó ese artículo, cuando mamá no estaba en la casa, ella y yo nos pasábamos las horas girando y girando en la azotea, esperando obtener la iluminación.

Mademoiselle Colombe había venido de Francia buscando un puesto como institutriz en alguna casa de familia pero no le había sido fácil, quizá por lo extraño de su aspecto. Tenía unos enormes ojos amarillos que hacían recordar a los de una lechuza y era extremadamente flaca. Además, solía vestirse en forma bastante estrafalaria. Siempre llevaba un grueso rosario de cuentas azules alrededor del cuello. Recién luego de varios meses, consiguió una colocación al cuidado de dos pequeños niños en una casa de Belgrano. Un día, sin embargo, empezó a los gritos diciendo que el dios Anubis la observaba a través de la ventana. Anubis, divinidad egipcia de los muertos cuyo cuerpo de hombre posee una intimidante cabeza de chacal, y ella eran viejos amigos. La verdad es que se conocieron cuando ella era una princesa egipcia del Bajo Imperio.

Mademoiselle Colombe fue despedida inmediatamente de su puesto y decidió volver a Francia. Antes de embarcar, vino un día a despedirse de mamá y de mí. Cuando se fue de casa, tenía lágrimas en los ojos. Se fue repitiendo una y otra vez que volveríamos a encontrarnos; si no era en ésta, en alguna otra vida.

Así fue como terminaron para mí las lecciones de francés. Poco después, también abandoné el Liceo. No soportaba ni los talleres de bordado, ni los de flores artificiales ni, mucho menos, las clases de economía doméstica. Además, de lo único que sabían hablar mis compañeras era de vestidos y de sombreros.

El 8 de noviembre cumplí dieciséis años. Papá murió cuando yo tenía cinco. Era un diestro marino mercante que cruzaba una y otra vez las aguas del río de la Plata con la ayuda de un compás magnético. Las aguas del río de la Plata, así achocolatadas y planas como se las ve desde la azotea de casa, son, sin embargo, traicioneras. Los reiterados cambios climáticos hacen zozobrar los navíos por causa de los violentos vientos pamperos y las terribles sudestadas. Al morir papá, mamá tuvo que criarme sola. Para ello se vio obligada a alquilar algunas habitaciones de nuestra casa, un edificio de tres pisos frente a la Plaza Mazzini, sobre el Paseo de Julio.

Las cosas no siempre fueron fáciles, pero de una forma u otra siempre nos las arreglamos, ella y yo solas durante estos últimos diez años. ¡Hasta que, de pronto, apareció Gorman! No me imagino viviendo en su estúpida casa de Flores, donde por la mañana canta el gallo y por la noche, los grillos y los sapos; una casa llena de hortensias y rosales. ¡Por favor! Antes preferiría cortarme las venas.

La misma tarde del 8 de noviembre en que yo nacía aquí, en Buenos Aires, Wilhelm Konrad Roentgen experimentaba en Alemania una nueva clase de rayos electromagnéticos invisibles. A falta de un nombre mejor, los denominó "rayos X". Entusiasmado con su descubrimiento, Roentgen comenzó a exponer todo lo que tenía a mano a los rayos: papeles, madera, aluminio y hasta a su propia esposa. Poco tardó en darse cuenta de que podían traspasar cualquier tipo de sustancia.

Desde entonces, su invento ha sido utilizado principalmente para diagnósticos médicos. Sin embargo, muchos consideran esta técnica inmoral. Los perturba la idea de que, al poder traspasar los vestidos de las damas, los rayos dejen ver sus cuerpos desnudos.

Hará cosa de tres meses, Mirko y yo fuimos al circo de los hermanos Ledoux, que queda en el Paseo de Julio casi llegando a la avenida Callao. Allí pudimos ver el acto del Fabuloso Doctor Prismático, quien con su sola mirada podía traspasar los diferentes materiales y ver a través de ellos, exactamente igual que si utilizara rayos X. Prismático lograba ver no sólo los corsés de las damas a través de su ropa, sino también las cartas de sus oponentes cuando jugaba con ellos a las barajas. ¡Si hasta pudo ver las monedas de un centavo que yo tenía guardadas en el bolsillo de mi delantal!

En el circo de los hermanos Ledoux, Mirko y yo también pudimos ver a una mujer china que, ataviada con un brillante quimono de seda, hacía girar una serie de platos sobre unas barras de metal, y a la Flor Azteca, una india adivina, que por sólo cinco centavos le decía a uno el destino, el que se le revelaba dentro de su bola de cristal.

También vimos a un hombre de galera que hizo oscilar un pequeño y brillante cristal delante de los ojos de una voluntaria del público hasta que la mujer se quedó dormida, parada como estaba. Luego, el hombre la recostó sobre unas sillas y fue sacándolas de a una hasta que la mujer se quedó acostada en el aire. ¡Fue verdaderamente increíble! Incluso, el hombre pasó un enorme aro alrededor del cuerpo de ella para que todos pudiésemos ver que no se trataba de ningún truco. Lo más curioso de todo fue que, al despertarse, la mujer no tenía la menor idea de lo que había ocurrido allí.

Mi mano continúa recortada contra el sol, arrojando su pentadigital sombra sobre mi cara. Los rayos solares forman a su alrededor un contorno ígneo como si de ella saliesen llamas, al igual que salían llamas del cuerpo del Buda Iluminado.

Aguzo la visión de mi ojo derecho: sobre la incandescencia naranja de mi carne puedo vislumbrar, con mirada de rayos X, los finos huesos de los dedos que se abren al sol como las varillas de un abanico de encaje.

El espolión

Por las noches, la azotea de casa se llena de murciélagos. Vienen por el río, desde la zona de Tigre, y revolotean alrededor de la casa como pequeños y negros paraguas abiertos. En algún momento de la noche, sin embargo, se retiran y dejan su lugar a los madrugadores gorriones.

Así es como, por las mañanas, la azotea amanece siempre repleta de aves que gorjean incesantemente produciendo extrañas piezas corales. Es curioso. Los pájaros han sido tradicionalmente símbolo de sentimientos o propiedades humanas. Nos cuentan muchas historias, incluso acerca de la facultad de palabra que poseían algunos de ellos. Son pocos los humanos que han podido compartir los secretos de los pájaros. Entre ellos se cuentan, además de Salomón, los magos Anaximandro y Apolonio de Tiana y también el poeta Esopo. San Francisco de Asís, por su parte, sostenía que prefería dedicar su prédica a los pájaros dado que, según su criterio, su palabra era más apreciada por ellos que por cualquiera de los hombres, obstinados en vivir en la ignorancia.

Los gorriones de la azotea, sin embargo, no parecen ser aves muy despiertas y dudo mucho de que posean algún tipo de lenguaje. Se la pasan golpeando el pico contra las baldosas como pequeños martillos en busca de eventuales lombrices o migas, sin otro aparente objetivo en la vida que el de activar su aparato digestivo.

Mi habitación es un pequeño cuarto de chapa que se encuentra en la azotea y que antes servía como depósito para los enseres de limpieza. Al menos, aquí es donde duermo desde que llegó Magnolia. Hace unos meses, cuando mamá decidió contratarla, pensó que era ella la que debía tomar mi habitación del segundo piso. Al principio, yo no quería. ¿Por qué demonios iba a venir esa chica, a la cual nunca habíamos visto antes, a quitarme mi pieza? Pero mamá argumentó que, si Magnolia tomaba la habitación de la azotea, se le iba a dificultar mucho el acceso a la cocina. Definitivamente, era ella la que debía estar más cerca de la planta baja ya que tenía que levantarse muy temprano para asear la entrada de la casa, esperar al lechero y prepararnos a todos el desayuno. Si bien en un primer momento viví el dictamen de mamá como una verdadera usurpación, apenas me hice a la idea me di cuenta de que la pieza de la azotea era un lugar verdaderamente fantástico. Es que aquí, la inmensa cúpula del cielo se abre sobre mi cabeza como un gran carrusel de luces, como una gran esfera del Eudoxo. Además, al igual que Dios desde una nube mirando a la calle desde la baranda, yo puedo ver, a cualquier hora del día, los trajines de la ciudad y el puerto. Pero lo más importante es que en la habitación de la azotea permanezco aislada como un genio dentro de una botella; soy la reina en la torre de mi castillo y esa idea me encanta.

Recordaba yo haber visto una vez, en una de las revistas de mademoiselle Colombe, la reproducción de un cuadro de Delacroix. Se trataba de la imagen de un grupo de mujeres agrupadas en torno a un narguile en una habitación llena de alfombras, almohadones y biombos orientales.

—Me gustaría que mi habitación fuese así —le había comentado a Mademoiselle en aquel momento, pensando en el infantil ascetismo de mi cuarto, en las estúpidas cortinas de cuadrillé rosado que cubrían por aquel entonces mis ventanas, en el cuadro con la imagen de Santa Catalina, una niña santa a quienes sus padres martirizaban en una rueda con clavos, obra maestra de mi tía Crucifixión y que, pendiendo sobre la cabecera de mi cama, motivaba una y otra vez mis más horrendas pesadillas.

Por eso, a la hora de mudarme a la habitación de la azotea, lo primero que hice fue desembarazarme de todas esas cosas. Luego, conseguí que Gabino me prestara un viejo y raído felpudo con un motivo de flores, pieza fundamental que, para mí, haría las veces de alfombra mágica. En Oriente las alfombras, lejos de constituirse como simple mobiliario, poseen, en cambio, una naturaleza sagrada. Delimitan un espacio espiritual diferente y mediante ellas uno puede transportarse hacia donde quiera. Los motivos de flores, árboles o pájaros, a su vez, remiten a la idea de paraíso. Una vez habido mi propio paraíso portátil, junté, hurgando en los roperos de mamá, unos cuantos cubrecamas viejos, traje de la sala media docena de almohadones y comencé a decorar, por fin, mi abigarrado y decadente harén. A decir verdad, cuando finalicé mi tarea, la habitación no se veía como el cuadro de Delacroix ni mucho menos. Sin embargo, era mía y con eso bastaba.

—Esto no parece la habitación de una señorita sino la cueva de unos gitanos —me dijo mamá cuando subió a la azotea para ver cómo iban los preparativos de mi nuevo cuarto. Estaba terriblemente ofuscada. Sin embargo, pronto se calmó. Primero, porque sabía que hubiera sido inútil argumentar conmigo al respecto y luego, porque en realidad ella prácticamente nunca subía a la azotea.

Recuerdo que la reproducción del cuadro de Delacroix, en la revista de mademoiselle Colombe, estaba acompañada por un breve texto firmado por Gustave Flaubert: "Nous menons une vie de fainéantise et de rêvasserie; toute la journée vautrés sur notre tapis, nous fumons des chibouks et des narguilés, en absorbant de la limonade et en regardant les rives du fleuve". Y me pareció que ese texto describía perfectamente la felicidad.

Sobre la pared clavé un afiche de Cigarrillos Siglo XX que Mirko y yo habíamos arrancado de uno de los tantos postes de madera del telégrafo que bordean el Paseo de Julio. Se trata de una enorme luna con un hombre que fuma sentado con las piernas cruzadas sobre ella y que, al fumar, crea densas nubes en el cielo. La imagen del afiche no puede dejar de remitir a George Mélies, uno de los pioneros del cinematógrafo y del cual tanto nos había hablado Gabino a Mirko y a mí. Mélies realizó en 1902 una película basada en la novela de Julio Verne *De la Tierra a la Luna*. La luna de Mélies es, al igual que la de los Cigarrillos Siglo XX, una cara sonriente de dimensiones colosales.

Una vez, Mirko y yo fuimos a una casa donde proyectaban cintas. La casa quedaba en la calle Maipú cerca de la calle Lavalle. Allí pudimos ver unas imágenes de la insignia patria flameando y también unas escenas del desembarco del presidente de Brasil, doctor Campos Salles, en el puerto de Buenos Aires. Campos Salles era recibido por Roca, el presidente argentino, con un circunspecto abrazo oficial. A algunas de las personas presentes les parecía sumamente interesante ver las imágenes en movimiento. Yo, por mi parte, me aburrí muchísimo. Hubiera preferido mil veces ver *Voyage dans la Lune*, de Mélies.

Como fue construido con el fin de guardar los enseres de limpieza, mi cuarto no posee sino una pequeña ventanita. Sin embargo, a través de ella yo puedo ver, incluso recostada sobre mi cama, la azotea, la ropa que lava Magnolia en las sogas, los gorriones al amanecer y el descomunal cielo precopernicano que por las noches se llena de tachuelas plateadas.

Sentada como un indio sobre la cama, dibujo triángulos sobre mi cuaderno San Martín con mi flamante pluma fuente. El cuaderno es uno de los pocos objetos que aún conservo de cuando iba al Liceo. Dibujo un triángulo al lado del otro y luego otro, y luego otro, hasta cubrir la mitad de la superficie de la hoja. Después me canso de los triángulos y escribo:

"Soy un espolión"

Observo la hoja. La tinta ha formado, junto a la letra "e", tres pequeños manchones similares a las Tres Marías, sólo que se trata en este caso de negras estrellas que se destacan sobre la blanca noche de la hoja.

La pluma fuente Waterman es, junto con el afiche de Cigarrillos Siglo XX, una de mis reliquias más preciadas. Me la regaló Gabino no hace mucho y me dijo que el artista que tenía el taller al lado del suyo, en París, se la había dejado olvidada sobre la mesa de dibujo. Gabino había optado por quedársela.

—Total, ese Picasso tenía él mismo la costumbre de quedarse con las cosas de los demás. ¿Por qué no podía quedarme yo con su pluma fuente?

Me pregunto quién será ese Picasso, del cual habla Gabino con frecuencia en forma tan despectiva.

Continúo escribiendo en el cuaderno.

Soy un espolión.
Los espoliones vivimos en aguas muy profundas. Tan profundas que los seres humanos todavía no han descubierto nuestra existencia. Si lo hubieran hecho, sabrían que nos diferenciamos del resto de los animales por dos cosas: nunca hemos nacido y nunca moriremos.
Los espoliones somos malos por naturaleza. Pasamos largos días dedicados a devorar a nuestros hermanos más pequeños que nadan, tranquilos e indefensos, en aguas menos profundas.

El problema es que luego, por las noches, solemos tener pesadillas. Soñamos que nuestros hermanos menores nos traspasan el cuerpo con afilados arpones.

Por eso es que los espoliones, además de no nacer y no morir, tampoco podemos dormirnos.

y así nace el Libro del Fin del Mundo.

La eterna explotación de los infelices
por parte de los felices

Me siento unos instantes al borde de la fuente de las Nereidas. Vengo de llevar el reloj de oro de cadena de mi padre al relojero y me duelen los pies. Estos zapatos abotinados ya me quedan chicos. Además, me siento ridícula con este vestido que me ha cosido mamá, confeccionado con la misma tela del mantel de la mesa de la cocina. Verdaderamente, uno debería andar descalzo y desnudo como dice mamá que andaban los indios antes de que llegaran los españoles. Los indios con sus naturalezas puras y sus almas incontaminadas merodeando entre ceibales, únicamente ataviados con sus vistosos tocados de plumas.

El reloj de papá, un hermoso reloj de cadena con un barco de vela labrado en la tapa de oro, tenía el cuadrante hecho pedazos. Desde que murió papá, mamá lo guardó como una reliquia. Todas las noches le da cuerda como si, de alguna manera, papá estuviera vivo mientras el reloj continuara andando. Pero la otra noche, mientras giraba la pequeña llavecita dorada, el reloj se le resbaló entre los dedos y cayó al piso. El cristal del cuadrante se hizo añicos.

Sentada sobre el borde de roca de la fuente, espanto de a ratos con la palma de la mano los aletargados polillones que revolotean junto al agua dorada en las horas de una interminable siesta de abril.

Observo las enormes vulvas de mármol que forman las bases de la fuente y las voluminosas nereidas cuyos cuerpos desnudos se contorsionan entre caballos encabritados. Varios vecinos de la zona consideran obscena esta fuente y, no hace mucho, elevaron un petitorio para que la retiren de este lugar. A mí, en cambio, me parece una hermosa fuente. Las nereidas, ninfas marinas, son las cincuenta hijas de Nereo y nietas del dios Océano. Suelen subir a la superficie para ayudar a los navegantes en peligro de naufragio. Usan coronas de coral y enarbolan, como en este caso, un afilado tridente. Lo único que no entiendo es para qué están los caballos.

Los rayos de sol se espejan contra las aguas, sobre las que se refleja igualmente el cielo. No puedo dejar de notar que, en estos días, el cielo está rarísimo. Unas densas nubes negras se acumulan en el horizonte y, de a ratos, cubren la luz del sol dejando la ciudad sumida en tenebrosas y premonitorias sombras. Puede que sea por causa del cometa Halley. El 11 de enero la cola del Halley rozará la atmósfera terrestre y cubrirá la Tierra con su gas letal. En 1705 Edmund Halley, usando las nuevas leyes de Newton respecto al movimiento, previó que un cometa que ya había sido visto con anterioridad en la tierra en 1531, 1607 y 1682 volvería a pasar cerca de nosotros cada ochenta años. Esta vez, sin embargo, parece que el cometa pasará mucho más cerca de lo que lo ha hecho antes. Algunos científicos ya han advertido acerca del peligro de una fatal colisión con nuestro planeta.

Una serie de supercherías y terrores metafísicos ha proliferado en torno a la llegada de este cometa. Se escuchan presagios, augurios y creencias de toda clase. Se dice que la tierra se cubrirá de un insoportable olor a azufre y también que la fauna morirá sin remedio a causa del ácido cianhídrico de su cola.

Me levanto y me arreglo el vestido. Comienzo a caminar por la plazoleta que se encuentra en el centro del Paseo de Julio. Se ha hecho bastante tarde. Supongo que mamá me esperaba hace rato.

Hasta mí llegan los sonidos del trote de los percherones, los gritos de los vendedores, el campanilleo de los tranvías, las ocarinas de los afiladores, los gritos de los rematadores que venden toda clase de objetos. Cruzo hacia la Recova. Debajo de las arcadas, camino entre decenas de inmigrantes recién llegados que observan con curiosidad las tiendas llenas de cuchillos, relojes, cinturones con falsas monedas de plata, espuelas, fustas, chales y ponchos.

Al llegar a la esquina de Corrientes me detengo frente a un kiosco de diarios construido con hierro verde.

Leo los titulares:

MÁS REVUELTAS ANARQUISTAS

Al pie de la página, un pequeño recuadro capta mi mirada:

MILLONARIO HACE CONSTRUIR MAUSOLEO
PARA SU CABALLO FAVORITO

A unos metros, un grupo de muchachos se reúne alrededor de una caja de zapatos. Son los canillitas. Llevan medias largas y pantalones cortos y sus cabezas se encuentran cubiertas con boinas. Cargando pesadas pilas de diarios, se encaraman a los tranvías en movimiento de forma tan descuidada que, más de una vez, han provocado accidentes. Ya varias veces he visto cómo los agentes de policía les llaman la atención.

Entre los muchachos, reconozco a Gregorio, un chico de origen catalán, amigo de Mirko. Lo reconozco porque cada vez que me ve me grita:

—¡Cabeza de zapallo!

Odio cuando me dicen así. ¡Cabeza de zapallo! No es que mi cabello tenga nada que ver con los zapallos sino que los que venimos de la luna somos todos pelirrojos. Un día le dije a Gregorio que no me llamara más así y le expliqué que en la luna somos básicamente personas como las que hay aquí, en la Tierra, sólo que allí debemos usar escafandras de vidrio debido a la falta de oxígeno. Las escafandras son como peceras esféricas invertidas que cubren nuestras cabezas y que contienen oxígeno en el interior. El oxígeno lunar es más fuerte que el terrícola por lo que, poco a poco, nuestro cabello se va tornando rojo.

Aunque sé que es tarde y ya debería estar volviendo a casa, me detengo a observar lo que los canillitas están haciendo. El juego es así: quien consiga embocar más bolitas dentro de la caja de zapatos gana y se lleva todas las que ya están adentro. Algunas de las bolitas son de cerámica o de mármol. Algunas son de metal. Incluso a veces pueden utilizarse igualmente partes de rulemanes en desuso.

—¡Cabeza de zapallo! ¡Cabeza de zapallo! —escucho un grito a mi espalda.

Los canillitas me señalan a medida que paso de largo.

De pronto, sin darme cuenta de cómo, me veo rodeada por una veintena de personas que avanzan hacia la Plaza de Mayo portando banderas negras y pancartas. Puedo ver algunas de las consignas escritas a mano: Votar es abdicar, ¿Desalojos? ¡Agua hirviendo!

Al llegar a la esquina de Reconquista y Bartolomé Mitre, los manifestantes se encuentran frente a frente con un cordón de policías, algunos a pie y otros montados a caballo. A unos diez metros del cordón se detienen. Durante unos segundos, ambos grupos quedan enfrentados e inmóviles.

De pronto, un integrante del grupo de los manifestantes levanta una piedra de la calle y la arroja con fuerza contra los policías. Lo observo con atención. Reconozco a Branco, el hermano de Mirko. La policía avanza ahora sobre los manifestantes y comienza a reprimirlos blandiendo sables y macanas en el aire. Los manifestantes se desbandan. Algunos de ellos juntan piedras y las arrojan contra las vidrieras. Puedo ver que han roto una vidriera con la inscripción "Quincallería Fina". Me cubro el rostro con los brazos para evitar que los fragmentos de vidrio se incrusten en mi piel. Algunas personas pasan corriendo a mi lado. Pierdo el equilibrio y caigo al piso. Puedo ver sus piernas a punto de patearme. Si bien no son más de veinte personas, siento como si sobre mí pasara una estampida de toros salvajes. Siento mi pelo caer sobre mi rostro y descubro que acabo de perder el moño azul que sujetaba mi trenza. ¡Allá está, junto a la vereda! Gateando, intento recuperarlo. Mamá va a matarme si llego a casa sin mi moño.

De pronto, alguien me alza en vilo por los aires.

—¡Ángela! ¿Qué haces tú aquí? Haz el favor de irte ya mismo para tu casa.

Es nada menos que Escudero montado sobre un alazán. Está enfundado en un uniforme azul: un saco con doble hilera de relucientes botones plateados, y un brillante casco terminado en punta, similar a un *pickelhaube*, diseñado en 1842 por el Rey Federico Guillermo de Prusia. Con semejante casco sobre la cabeza, Escudero parece la tetera del juego de plata que mamá exhibe en la mesa de la sala.

Cuando llego a casa, prácticamente está anocheciendo y mamá está al borde de la histeria.

En lugar de preguntarme el porqué de mi demora, escucho las primeras palabras que salen de sus labios:

—¡No me digas que has perdido otra vez el moño!

Ruidos que nadie escucha, colores que nadie ve

No hace falta ser un genio para darse cuenta de que mamá ha sufrido en estos últimos tiempos un gran cambio. Hasta hace unos meses, ella solía vestirse de forma sencilla y sobria, generalmente con colores oscuros. Ahora la descubro con frecuencia leyendo en los diarios artículos sobre moda.

Sin ir más lejos, en este momento, ella y tía Crucifixión están en la sala estudiando una serie de catálogos de tiendas y figurines de invierno del "Palacio de la Elegancia" cubiertos con dibujos de camisones y enaguas.

Viéndolas así, la una junto a la otra, nadie diría que son hermanas. Mamá tan jovial y rolliza, con el pelo azabache recogido en un eterno rodete sobre la cabeza. Tía Crucifixión delgada y nerviosa, con esos ojos tan negros y saltones. El pelo de tía Crucifixión cae libremente sobre su espalda en una espesa mata oscura. Ahora que lo pienso, ¿cómo será mamá sin rodete? No recuerdo haberla visto nunca con el pelo suelto y eso que, a juzgar por el volumen de su peinado, lo debe tener bastante largo.

—Fíjate. Aquí dice que ya no se usará más el corsé: "La silueta de la mujer deberá verse abultada arriba y estrecha hacia la parte inferior, como un cono invertido" —lee tía Crucifixión en uno de los catálogos.

La nota está firmada por madame Pavlova, una condesa rusa que habita en París y que se especializa en indumentaria parisina.

La siguiente nota tiene por tema a los sombreros.

—¡Justamente! ¡Debo comprarme un sombrero nuevo para ponerme el día que llegue la Infanta! —suspira mamá. Mira hacia el techo de la sala con ojos de inmaculada, como si allí flotaran sombreros imaginarios e inalcanzables.

Me pregunto qué clase de sombrero se comprará. ¿Estará adornado con un moño o con plumas de pájaro o con flores de rafia? Yo, por mi parte, ni pienso usar sombrero por más que estoy segura de que mamá insistirá en que lo haga. Odio los sombreros. Sin embargo, mamá se obstina en que debo usarlos, especialmente para ocultar mi pelo rojo. Mi cabello siempre le ha parecido estridente e inadecuado.

Cuando papá vivía, su salario le permitía a mamá comprarse lindos vestidos y sombreros nuevos. Pero desde su muerte la compra de una nueva pieza de ropa se ha vuelto en casa todo un acontecimiento. En ocasiones pienso que debe haber sido difícil para ella tener que cuidarme sola de pequeña. El mismo año en que murió papá hubo en Buenos Aires una epidemia de escarlatina. Mamá me contó que yo estaba tan roja que parecía una frutilla y que hubo unos días en que ella temía que yo también fuera a morirme. Puede que sea debido a la escarlatina que me haya quedado el pelo así, tan rojo.

Mamá se acomoda la mantilla tejida al crochet sobre los hombros.

Una ráfaga de viento agita las cortinas de tul de la sala, que se mueven como lánguidos espíritus en pena.

—Se ha levantado una brisa muy molesta —comenta mamá.

Se dirige hacia la ventana y, a través del vidrio, observa cómo se agitan las copas de los magnolios, plátanos y palmeras, allá en el predio frente a la casa. Verdaderamente, nos ha tocado un otoño bastante fresco. Siendo abril, cada vez quedan menos hojas sobre los árboles, y las que quedan están rojas, doradas, o del color de la tierra.

—Escudero dice que este sector de la ciudad se está volviendo demasiado peligroso. ¿Te has enterado de las últimas revueltas de los anarquistas? —comenta tía Crucifixión.

Mamá asiente con la cabeza y vuelve a su lugar.

—¡Pero si aquí nomás, a unas pocas cuadras, el otro día han roto la vidriera de la quincallería durante una manifestación! —agrega mamá moviendo la cabeza en señal de desaprobación.

Ambas se enfrascan en una discusión acerca de la actual situación del país. Acerco la palma de mis manos a mis orejas y sus comentarios se alejan, desaparecen. Sólo quedan sus gestos mudos desplegándose ante mi mirada.

El otro día discutíamos con Mirko si un ruido es un ruido si nadie lo oye. ¿Un color es un color si nadie lo ve? ¿Una palabra es una palabra si nadie la escucha o si nadie puede descifrarla? Mirko decía que él sabía que había escrituras ocultas en el interior de recintos cerrados, como en las pirámides egipcias, o escritas tan altas que ningún ojo humano puede alcanzarlas, como en algunos templos persas, y que él pensaba que eran escrituras igual aunque nadie pudiera leerlas. Pero yo le respondía que alguien sí podía leerlas porque estaban escritas para que las leyera Dios. Mirko me preguntó que cómo sabía si Dios existía y yo le dije que Dios seguro existía porque mamá decía que, si Dios no existiera, nadie podría habernos creado. Mamá sostiene también que cada uno de los planetas, cada una de las estrellas, cada una de las galaxias están sin duda habitadas por hombres, plantas y animales, porque de lo contrario Dios hubiera hecho las cosas por nada.

Son las doce en punto del mediodía y suena el timbre.

—¡Gorman! —exclama mamá sin poder ocultar su júbilo.

Gorman está invitado hoy a almorzar en casa.

Mamá se apresura a ir hasta la puerta de entrada pero de pronto descubre que la llave no está puesta en la cerradura.

—Pero, ¿dónde está la llave?

Mamá vuelve a la sala en busca del viejo llavero con las iniciales entrelazadas B y E del Banco de España que un Año Nuevo le regalaron a mi abuelo en su trabajo. En realidad, le regalaron un montón de llaveros iguales. Gabino y Magnolia, por ejemplo, tienen cada uno dos más, exactamente iguales. Sólo que, en este momento, ninguno de los dos se encuentra en la casa.

El timbre vuelve a sonar, ahora con mayor insistencia.

Tía Crucifixión ayuda a mamá en su búsqueda. Ambas se fijan detrás de los sillones y debajo de los muebles. Pero el llavero no aparece por ningún lado y el tiempo sigue pasando.

Gorman debe estar esperando fuera, resguardándose del viento. Puede que haya traído otra caja de *cerisettes*. Con un poco de suerte, el viento comenzará a soplar cada vez más fuerte. Tan fuerte que él y sus ridículos chocolates saldrán volando por los aires, arrastrados muy lejos de esta casa.

Reclinada sobre el sillón, observo dentro del bolsillo de mi delantal celeste y blanco. A buen resguardo, allí está el llavero de metal con las letras B y E entrelazadas.

Anoche, Magnolia estaba preparando una ternera, a punto de meterla en el horno de la cocina económica, cuando mamá se dio cuenta de que la estaba sazonando con hebras de té en lugar de con sal.

Al principio, pensó que quizá se trataba de alguna exótica receta chaqueña, pero como Magnolia continuaba agregando hebras al punto de que ya cubrían por completo la asadera, mamá la increpó:

—¡Magnolia! ¿Qué está haciendo?

Magnolia seguía esparciendo hebras, indiferente por completo a sus palabras.

Mamá se le acercó e intentó impedirle que siguiera con tan extravagante tarea y fue recién entonces cuando se dio cuenta de que Magnolia estaba completamente dormida aunque sus ojos estaban abiertos.

Ahí nos acordamos de que, los otros días, mamá la había mandado al almacén a comprar esencia de vainilla y ella regresó, en cambio, con un frasquito de tinta china.

De carneros con cuernos de marfil y corzos blancos

Pedro de Mendoza nombró Santa María de los Buenos Aires a estas tierras en honor a la patrona de los navegantes, cuya imagen se hallaba colocada en la Casa de Contratación de Sevilla, lugar en donde organizó su expedición transatlántica. Esta Virgen, aparentemente, le había asegurado vientos favorables durante su travesía.

Don Pedro estableció el primer asentamiento de Buenos Aires en 1536 aquí, en medio de los pastizales pampeanos, junto al estuario de este río barroso que, treinta años antes, otro navegante, Juan Díaz de Solís, había llamado Mar Dulce. Cinco años después, los hombres de don Pedro abandonaban el asentamiento asolados por el hambre y por las provocaciones de los indios querandíes. Como recuerdo, dejaron la sífilis.

Don Juan de Garay refundó el asentamiento en 1580. En 1890 mis abuelos llegaron a ese puerto, provenientes también de Sevilla. Junto con ellos traían a sus dos jóvenes hijas, que se habían pasado todo el viaje encerradas en sus camarotes vomitando.

Venían a Buenos Aires porque mi abuelo, que trabajaba en el Banco de España, había sido transferido a esta sucursal del fin del mundo.

Hacia el atardecer, el cielo de Buenos Aires se transforma en un manto azul marino bordado con estrellas que brillan como diamantes. Una enorme luna porteña y rojiza ilumina la superficie de las aguas sobre las que barcos de todas las partes del mundo se mecen en la onírica noche pampeana. ¿Por qué estará tan roja la luna esta noche?

Desde mi rincón, en la azotea, me detengo a observar la topología lunar.

La luna está cubierta con grandes superficies vacías que los hombres han llamado océanos y mares por más que no parece haber en ellos ni una sola gota de agua. El Mar de la Serenidad, por ejemplo, está bordeado al este por los Pantanos del Sueño; al norte, por el Lago Somnoliento y, más allá, el Valle del Frío; al sur, por el Mar de la Tranquilidad y el Océano de los Néctares y al oeste, por el Mar de las Lluvias y el Golfo del Arco Iris. Cada uno de estos mares u océanos están cubiertos de cráteres. Algunos estudiosos dicen que estos cráteres han sido formados por burbujas del propio material lunar que en algún momento estuvo en ebullición. Otros sostienen, en cambio, que están formados por el impacto de grandes meteoritos que hace mucho tiempo chocaron contra la luna.

En 1835, sir John Herschell consiguió por primera vez observar con un telescopio la superficie lunar lo suficientemente cerca como para ver oscuras cavernas en donde vivían hipopótamos, verdes montañas veteadas de oro, carneros con cuernos de marfil, corzos blancos y habitantes con alas membranosas como las de un murciélago.

La noche refresca tanto como para que decida bajar a la cocina a tomar un chocolate caliente.

Cuando estoy descendiendo la escalera, oigo unas risas cómplices que provienen de la sala. Me asomo entre los barrotes de la baranda. Sentados alrededor de la mesa, Gabino, tía Crucifixión y mamá conversan.

—Como ustedes sabrán, en París había un par de galeristas que estaban muy interesados en mi obra.

—Lo que no logro entender, Gabino, es cómo fue que usted decidió volver a Buenos Aires.

—Es una historia para mí muy desagradable. Pero, por ser ustedes, voy a contársela.

Tía Crucifixión y mamá se acomodan en sus sillas y se aprontan a escuchar tan fascinante relato.

Gabino les cuenta que en París compartía con otros artistas una casucha sin gas ni electricidad y con una sola canilla de agua para treinta cuartos; una casucha que, por su construcción en forma de barco, era conocida por el absurdo nombre de "Bateau Lavoir".

Una tarde Gabino, quien hacía poco acababa de terminar una nueva pintura de la que se sentía especialmente orgulloso, estaba muy entusiasmado porque había logrado que el dueño de una importante galería que representaba a varios post impresionistas fuera a visitarlo.

—Se trataba de la pintura de unas mujeres desnudas con sus torsos fragmentados, una concepción plástica completamente novedosa, si me permiten decirlo —agrega Gabino con cierta soberbia.

Gabino dejó todo preparado y, como todavía faltaba un rato hasta que llegara el galerista, se fue a tomar unas copas con Max, un amigo con el cual compartía la habitación. Volvieron poco después, Gabino reconoce que algo borrachos. Sin embargo, cuando entraron en la habitación, algo terrible había pasado: la pintura había desaparecido. Cuando llegó el galerista, Gabino no tenía nada para mostrarle.

—Eso no es todo —continúa Gabino—. Tres meses después, recorría yo galerías por el Boulevard Saint Michel ¡y qué veo si no mi propio cuadro colgado en una de las salas! Era la misma pintura, sólo que mi firma había sido reemplazada: en el ángulo inferior derecho, en lugar de decir "Gabino Estigarribia", decía "Picasso".

Gabino cuenta que volvió al Bateau Lavoir esa noche y fue directo a ver a Picasso, quien tenía su habitación precisamente frente a la suya. Apenas éste abrió la puerta, se le tiró encima y lo molió a golpes. Le pegó tan, pero tan fuerte, que pensó que lo había matado. Después deambuló sin rumbo recorriendo una y otra vez la rue Ravignan, la rue Tardieu, la rue Saint Vincent, hasta perder la noción del tiempo y encontrarse, vaya a saber cómo, la noche siguiente en el puerto de Marsella. Creyéndose prófugo de la justicia, vio allí un barco que zarpaba para la Argentina y se metió adentro sin pensarlo.

—Pero, ¿y el tal Picasso?

—No murió, sin embargo. Siguió pintando y me han llegado noticias de que ha tenido bastante éxito.

—Mi querido Gabino, ¡su vida me parece tan fascinante! —comenta tía Crucifixión contemplándolo con ojos bovinos y exhalando un profundo suspiro.

La princesa de la pagoda del arco iris

Un frío atardecer de 1902 Mirko y Branco, su hermano mayor, llegaron a Buenos Aires en el "Borkum", un barco construido por J.L. Thompson & Sons, en Sunderland. La nave tenía más de cinco mil toneladas de peso, dos mástiles y alcanzaba una velocidad de diez nudos. En primera clase, viajaban ocho pasajeros. En tercera, junto a Mirko y Branco viajaban novecientos cincuenta pasajeros más. El "Borkum" cubría regularmente el trayecto Bremen-América del Sur. Sólo que esa vez estuvo a punto de naufragar en el medio del océano. Mirko recuerda que olas altas como montañas los asediaban. Subían hasta el cielo y luego se estrellaban contra la cubierta, que quedaba sumergida debajo de la espuma blanca. En ocasiones, veía el mar arriba de su cabeza y el cielo bajo sus pies, mientras la tripulación se esforzaba en vano por aproar el buque a la marejada. Mirko recuerda también que plateados relámpagos surcaban la noche y que, por fracciones de segundo, parecía ser de día sobre el océano. Luego, nuevamente, la húmeda oscuridad de una noche llena de monstruos marinos.

Mirko es de contextura frágil. Su cuerpo es pequeño y raquítico. Haga frío o calor, haya sol o llueva, Mirko se encuentra siempre resfriado. Si sigue así, este niño no vivirá lo suficiente, suele decir su tía mientras le prepara cada mañana la yema de un huevo batido con oporto y azúcar.

Camino con Mirko por el puerto. Vemos los altos buques amarrados en las dársenas, las chatas carboneras que abastecen de combustible, las grúas que levantan fardos, el espeso humo de los vapores que entran al puerto arrastrados por los remolcadores.

Algunos barcos tienen chimeneas amarillas. Son los que transportan pasajeros. Los de chimeneas negras son barcos de carga.

Aquel barco de chimenea amarilla con una estrella roja de cinco puntas pintada en su frente es el "Duchessa di Génova". Están, así mismo, el "Regina Elena" y los del Transporte Maritime a Vapeur, que tienen chimeneas negras con una franja colorada pintada en el medio. También están los de la Royal Mail Steam Packet Company, los de la Compañía Hamburgo Sud América, los del Lloyd Norte Alemán de Bremen, los de la Pacific Steam Navigation Company.

Al igual que Mirko y mis padres, han llegado a estas tierras personas provenientes de Hong Kong, de Túnez, de Madeira, de Angola y del Orinoco. Si uno juntara los nombres de todas ellas, seguro se formaría, a su vez, un océano, un gran océano de nombres.

—Algún día me voy a meter en uno de esos barcos e iré a buscar a mi padre, que es funcionario en el palacio de Pekín. Iré a buscarlo a Pekín y él me nombrará Princesa de la Pagoda del Arco Iris —comento.

Dentro de las aguas verdinegras boyan latas, pedazos de madera y, de vez en cuando, algún perro muerto.

La tía de Mirko tiene un bar en la calle Viamonte, cerca del convento de las monjas catalinas. Al volver del puerto, subimos la pendiente de la calle y vemos la silueta del convento recortada contra un cielo cruzado por las anaranjadas nubes del ocaso. Dentro del convento, una veintena de monjas se dedican a orar alejadas del mundo. Mamá me ha contado que las catalinas guardan un grueso cuaderno en el que uno puede anotar su nombre para que ellas recen por su alma cada día en las oraciones matinales.

Bordeando el convento, la calle Viamonte se extiende alternando fondas llenas de marineros con casas de remates, regenteadas por catalanes, gallegos o andaluces que venden objetos dorados por oro fino y piedras transparentes por diamantes.

Durante el día, el bar de la tía de Mirko está repleto de talabarteros, cocineros, herreros, panaderos, carpinteros, peones de puerto, obreros, marineros, conductores de carros y toda clase de delincuentes. Por las noches, se llena de vagos que duermen sobre las mesas de billar. A mi mamá no le gusta para nada que yo frecuente estos lugares. Pero yo le digo que voy con Felicitas, una antigua compañera mía del Liceo, a comprar un copo de nieve a la Plaza de Mayo, y vengo a buscar a Mirko.

Pocos metros antes de llegar al bar, vemos que la puerta de una casa permanece abierta.

—¿A que no te metes ahí? —me reta Mirko.

—¿Acá?

—Sí.

Me encojo de hombros. ¿Por qué no?

Entro. Me encuentro en un estrecho zaguán lleno de cajas de cartón. Lo atravieso y llego junto a una escalera. Bajo. Derivo en un sótano relativamente grande. Me escondo tras una pila de cajas amontonadas contra una de las paredes. Puedo ver que tirado en el piso, junto a mi zapato abotinado, hay un papelito blanco doblado en cuatro. Lo levanto y lo guardo sin pensarlo demasiado en el bolsillo de mi delantal.

En el interior de la habitación, un grupo de personas escucha a un hombre que, desde una tarima, parece estar dando un discurso.

El hombre sobre el podio hace un alto en su exposición y todos aplauden. Cuando los aplausos cesan, el hombre retoma el hilo de su discurso.

Desde el lugar donde estoy no puedo escuchar más que un conjunto de palabras aisladas: gaucho, desierto, carreta.

Intento aproximarme un poco más.

Ahora puedo verlos de cerca.

Percibo algo extraño y tardo un rato bastante largo en darme cuenta de que cada una de las personas tiene puesta una máscara. Puedo ver sus antifaces de arlequín, sus máscaras de osos carolina, sus caretas de camello.

El hombre de la tarima lleva puesta una careta de clown y, cuando hace un gesto para frenar los aplausos, me doy cuenta de que le falta la mano derecha.

Ahora escucho que está hablando acerca de un pueblo ahistórico y telúrico vinculado a la sangre de la tradición y a la tierra.

—No podemos desconocer el innegable carácter disolvente de la inmigración. Debemos, por todos los medios, defender al verdadero héroe y civilizador de las pampas: el gaucho.

La audiencia explota nuevamente en aplausos.

—Pasando ahora al tema del boicot a los festejos del Centenario...

Los aplausos se redoblan junto con hurras y silbidos, lo cual le impide durante algunos segundos continuar con sus palabras.

—... se ha elegido una comisión que se encargará especialmente del tema. En su momento, todos ustedes serán debidamente informados.

Cuando el hombre baja del podio, los aplausos aún continúan.

Los presentes corean consignas como: "¡La pampa para los gauchos!" y "¡No a la plebe ultramarina!".

Dos mujeres cuyos rostros están cubiertos con antifaces de colores pasan entre los concurrentes repartiendo algo que llevan dentro de unas canastas de mimbre. Me pongo en puntas de pie tratando de averiguar qué es lo que están entregando: se trata de unas enormes plumas grises tan grandes que parecen plumas de ñandú. Intento incorporarme aun un poco más pero resbalo y, sin querer, empujo una de las cajas que cae al piso con gran estrépito.

Automáticamente, un silencio helado invade la sala. Todas las miradas se dirigen hacia las cajas.

Me las arreglo para salir de la casa a tiempo, convencida de no haber sido vista por nadie.

Relatividad y cuarto estado de la materia

▄

Gabino conserva un block de dibujo de tapas negras y hojas amarillentas sobre su mesa. En él realiza bocetos de sus obras, diagramas de hipérbolas, parábolas, elipses e hipercubos, fragmentos de anotaciones cuyo texto se encuentra escrito con lápices de colores. Las letras se disponen sobre las hojas formando polícromos, espirales, ondas, círculos concéntricos. Algunas palabras, incluso, están escritas de arriba hacia abajo o de derecha a izquierda por lo cual la lectura se hace, por momentos, bastante dificultosa.

Me dedico a descifrarlas. Por lo que puedo inferir, se trata de una serie de reflexiones inspiradas en la elaboración de sus trabajos, antes, durante o después de su ejecución.

—Cuarta dimensión y geometrías no euclideanas.
La posibilidad de un espacio no euclideano implica que la factura de nuestro mundo pueda llegar a ser curva y que la distancia entre dos puntos pueda, de hecho, no ser una recta.
Si uno toma la noción de espacio-tiempo de Minkowski, por ejemplo, puede claramente concebir el tiempo como una extradimensión continua, de lo que resultaría que la realidad consiste no en un espacio como el cartesiano, sino, en cambio,

en una serie de cuadros de espacio dispuestos sobre la dimensión del tiempo.

Abajo, subrayado por dos gruesas líneas negras, la siguiente aseveración:

La realidad es una composición de diferentes cuadros que se despliegan en el espacio.

—Cuarta dimensión, ¿tiempo?, ¿movimiento?, ¿espiritualidad? ¿Cuatro dimensiones?, ¿seis?, ¿diez? ¿quinientas?

—El puente de los volúmenes: ubicarse por encima y por debajo de los volúmenes para ver cómo pasa el (barco de maniobras en el puerto) (¿*bateau-mouche*?).

—1907: Albert Einstein y Charles Hinton. Relatividad y cuarto estado de la materia.

—Plasmar algo más allá de la paleta, algo invisible sobre la tela.

—Determinar las condiciones del reposo instantáneo de una sucesión de diversos hechos.

—La cuarta dimensión puede rastrearse desde sus orígenes matemáticos hasta las experiencias fotográficas de Muybridge. Los bocetos de *Nu descendant un escallier*, de Marcel Duchamp, son una representación del tiempo fragmentado y, también, del ser fragmentado. La escalera funciona, si se la mira dentro del contexto de la cuarta dimensión, como una sucesión de cubos, valiéndose de los cuales la mujer desnuda transita a través del tiempo.

—Edwin A. Abbott, 1884. Planilandia. País bidimensional. Mundo plano en el cual no hay modo de entrar en un contorno cerrado.

La pampa como un mundo plano. La línea del horizonte como contorno que divide al círculo del mundo bidimensional en dos semicírculos.

—Construcción de un ojo cuatridimensional: una circunferencia pasa por el ojo tridimensional desplazándose por encima y por debajo del mismo hasta que el radio visual se halle en el plano que contiene la circunferencia, por muchas formas determinadas convencionalmente por las leyes de la perspectiva lineal. Pero una esfera para la percepción cuatridimensional pasa por muchas formas desde la esfera tridimensional, disminuyendo poco a poco de volumen sin disminuir, en cambio, de radio hasta convertirse en una circunferencia plana.

PÁJAROS AUTÓMATAS

Copelius, el relojero, tiene su pequeña tienda en un zaguán de la calle Tucumán. Como estoy cerca, se me ocurre ir a buscar el reloj de papá. Supongo que a estas alturas ya debe estar reparado.

Cuando entro en la tienda no hay nadie. Me sorprende que Copelius haya dejado el negocio solo, en especial con tantos relojes de oro que se exhiben en el mostrador. Cualquiera podría entrar y llevarse alguno.

Mientras espero, me quedo mirando los diferentes relojes. Los hay grandes y pequeños, con una, dos o tres tapas y otros, incluso, sin tapa. Los hay de tapas lisas o labradas, de cajas de plata, de oro o niquelados. Algunos tienen esfera de porcelana y otros esferas esmaltadas. Algunas esferas son color marfil y otras, blancas. La mayoría tiene numeración arábiga, pero algunos la tienen romana. Varios tienen doble numeración. Algunos tienen maquinaria a puente y otros, a espiral. Hay uno suizo con diez rubíes. Otro tiene labrada en su tapa un relieve con un pequeño fauno que toca una flauta. Además, ¡qué curioso!, en uno de los rincones hay un pequeño pájaro de bronce. Una diminuta llave sobresale de su base.

Observo a mi alrededor y constato que aún me encuentro sola. Tomo el pájaro y giro la llave. El ave comienza a mover las alas y a cantar con un extraño sonido de lata. ¡Un pájaro autómata! Me quedo observándolo hasta que sus alas vuelven a quedar inmóviles. Lo coloco nuevamente en su lugar, al lado de los relojes.

Hacia el fondo del zaguán hay una cortina que cubre el marco de una puerta. Junto a la cortina, veo una vitrina en la que antes no había reparado. Allí se exhiben otros dos pájaros de bronce. Encantada, me acerco. Estoy por tomar uno de ellos cuando escucho unas voces masculinas del otro lado de la cortina. Al principio, no distingo más que murmullos. Luego éstos se hacen más claros. Aunque las voces hablan en castellano, una de ellas tiene un marcado acento francés, similar al de mademoiselle Colombe cuando hablaba en español.

—Mis ideales no son una fantasía. Son acotados y concretos: una sociedad en la que primen la educación para todos, la ayuda mutua y el colectivismo.

—Sin embargo, mi amigo, más de una vez he pensado que en este país no ganamos nada con nuestra propaganda. Es que aquí no quieren hacer sacrificios ni oír lo que nosotros decimos. Todos esperan la llegada de un mesías que les dé maná llovido del cielo. Creen que, cuando ese mesías asuma el poder, todos serán felices y millonarios.

Un ruido a mis espaldas me hace volverme. Un perro callejero entra por la puerta, husmea el piso en el local y luego sale nuevamente a la calle.

Continúo escuchando las voces tras la cortina.

—Sí, me he enterado. Se trata de un grupo de nacionalistas xenófobos que, con la ayuda de la pasividad policial, han destruido varias imprentas. La Brigada del Ñandú es un grupo especialmente violento.

—Pero esta vez han ido demasiado lejos. ¡Han destrozado la imprenta de *L'avangard* e incendiado la Biblioteca Rusa!

—Y esto no terminará aquí, acuérdese de lo que le digo. Perseguirán a los integrantes de las organizaciones obreras hasta lograr que los encarcelen, los deporten o los maten. Me he enterado de muy buena fuente de que, incluso, planean destruir la imprenta de *La Protesta*. Debe andarse con mucho cuidado, don Antonio. No sea cosa que vengan también por usted.

—Descuide, Julien. Aquí sabemos bien cómo cuidarnos.

Las voces callan.

Puedo percibir el ruido de sillas que se corren.

—Bueno, *mon ami*, aquí le dejo este poema que he compuesto especialmente para su periódico. Se trata de una suerte de Marsellesa anarquista dedicada a nuestro común amigo Ravachol.

Las voces se acercan a la cortina. Me escondo tras la vitrina. La cortina se corre y dos hombres aparecen en el marco de la puerta. Reconozco a don Antonio, el padre de Gregorio, enfundado en un guardapolvo gris. Despide a un joven alto de bigotes rubios enfundado en un pantalón bombacha a la turca. Detrás de la cortina puedo ver una prensa y varias bovinas de papel apiladas contra un rincón.

Al cruzar el zaguán, el joven pasa a sólo dos pasos de mí pero no logra verme.

Cuando vuelvo a casa, bajo las arcadas de la Recova, recuerdo de pronto el papelito que los otros días levanté del piso del sótano de la calle Viamonte. Introduzco la mano en el bolsillo de mi delantal: allí está todavía. Lo desdoblo. Impresas en gruesas letras negras puedo leer las siguientes palabras: "Buenos Aires, gran Babilonia, lupanar de perdición".

El panfleto está firmado: "Brigada del Ñandú".

Mismo océano, diferentes peces

▬

Mirko pasa la mayor parte del tiempo resfriado y es algo realmente desagradable cuando los hilos de moco se le salen por la nariz y se los refriega con la manga del saco.

Cuando a Mirko se le tapan los bronquios, es capaz de hablar con una voz tan distinta de la de él que parece que estuviera hablando otra persona. Me hace acordar, incluso, a un ventrílocuo que vimos una vez en el circo de los hermanos Ledoux. Tenía una cajita de fósforos de adentro de la cual salía una vocecita de niño:

—¡Auxilio! ¡Déjenme salir! —gritaba la débil voz y era verdaderamente impresionante.

Mirko y yo estamos sentados en el borde de la fuente de las Nereidas, inclinados sobre un libro de tapas rojas que él le ha sacado a escondidas a su hermano y sobre cuya tapa puede leerse *Memorias de un rebelde*, de Pedro Kropotkin.

Mirko comienza a leer en voz alta y, cuando lo hace, le sale una voz tan gruesa que parece que estuviera leyendo el mismo Kropotkin:

—"El Estado deja en poder de unos cuantos los asuntos de todos. El Estado se inmiscuye en todas las manifestaciones de nuestra vida y nos tritura con su peso desde nuestra cuna hasta nuestra tumba".

Desde que llegaron a la Argentina, Mirko y su hermano mayor comparten una pieza en el primer piso del bar de su tía. Pero Branco no está prácticamente nunca en la casa. Se pasa semanas enteras sin dar señales de vida y, cada tanto, aparece de repente. A veces, incluso trae consigo a algunos amigos. Como los otros días. Mirko estaba durmiendo y, de pronto, Branco entró en la habitación junto con un muchacho y una chica que se sentaron en la cama de Mirko y comenzaron a hablar sin reparar ni en lo temprano del día ni en que el pobre Mirko estaba aún durmiendo.

—Juntos estableceremos en este país tan rico y fértil un verdadero reino de libertad, felicidad y armonía, sin la intervención del Estado y sin el oprobio de la violencia clasista —eran las palabras de Branco que Mirko escuchaba entre sueños.

—El porvenir del mundo está, sin lugar a dudas, en estas nuevas tierras —decía la chica.

Mirko empezó a incorporarse protestando y exigiendo silencio pero Branco, en lugar de salir de la habitación, se acercó a su cama y lo calló de una bofetada.

Mirko se quedó acostado, de cara a la pared, odiando a Branco hasta quedarse nuevamente dormido. Y soñó.

Soñó que su barco naufragaba en el medio del océano. De pronto, él se encontraba en el fondo del mar, manoteando desesperadamente porque no sabía nadar. Pero después se dio cuenta de que era capaz de respirar bajo el agua. Así que comenzó a caminar entre doradas estrellas de mar y bosques de corales hasta que llegó a una ciudad marina donde todas las casas eran, en realidad, castillos de arena.

Por entre los castillos de arena, avanzaba Branco portando una gran pancarta. Mirko intentaba leer las letras pero estaban escritas en un extraño alfabeto que parecía cambiar continuamente bajo las aguas.

Branco era seguido por un ejército de caballos de mar, ataviados con pesadas charreteras y gorros de Patricios. A una señal de Branco, los caballos de mar rodeaban a Mirko y comenzaban a corear una consigna que Mirko no alcanzaba a entender.

Poco a poco, sin embargo, iba comprendiendo el significado de sus palabras:

¡Mirko no vivirá lo suficiente! ¡Mirko no vivirá lo suficiente!

Se despertó sobresaltado.

Branco y sus amigos habían desaparecido y estaba solo en el cuarto.

Tomando el té con la princesa Baden-Durlach

Días atrás, pasó algo divertido: a Gabino se le ocurrió pintar mi retrato. Así que me pasé los últimos ocho días sentada muy derecha en una silla junto a la ventana. Un haz de oblicuos rayos de sol iluminaba mi cabello rojo. Para la ocasión, decidí ponerme mi vestido con cuello de encaje blanco. ¡Seré la modelo de un cuadro que algún día se exhibirá en París! Seguro que cuando se entere tía Crucifixión se va a morir de envidia. Mi retrato aparecerá en los museos de Europa junto a los de la Gioconda, Simonetta Vespucio y hasta la princesa Baden-Durlach. Yo, reina de la luna, blanca como una cala, mi largo pelo rojizo cayendo sobre los hombros como una cascada de sangre. Yo, princesa de las pampas, con mi larga trenza pelirroja que culmina en un gran moño de raso celeste y blanco.

El día en que empezó a pintarme, Gabino me dijo:
—Decidir hacer tu retrato me ha traído suerte.

Resulta que ese mismo día, por la mañana, había recibido una carta de Max, el amigo que vivía con él en el Bateau Lavoir. En ella, le informaba que unos conocidos de él habían visto unos cuadros de Gabino que aún se conservaban apilados en un rincón de la habitación que ambos habían compartido. Los conocidos se habían fascinado con las obras y prometieron volver ni más ni menos que con el propio Vollard, el famoso coleccionista que promovía a jóvenes artistas y cuya galería se había convertido en el centro de la vanguardia parisina.

—Ya verás, volveré a París y todos los coleccionistas se disputarán mis cuadros —canturreaba Gabino, aplicando rítmicas y precisas pinceladas sobre el lienzo del cual, desde mi lugar, sólo podía ver el dorso.

La carta de Max, cuya exagerada caligrafía semeja contundentes ideogramas chinos, aún está sobre la mesa en donde Gabino apoya sus frascos con pigmentos y sus pinceles.

Para mi sorpresa, Gabino de pronto me informa que mi cuadro está terminado. Le da unos cuantos retoques más y, volviendo el lienzo hacia mí, exclama:

—¡*Voilà*! —con un gesto de fanfarria.

Nerviosa y expectante, me acerco lentamente hasta la tela. Observo. La imagen aparece desmembrada en una docena de prismas rojizos dispuestos sobre la tela como formas dentro de un caleidoscopio. Puedo reconocer un ojo aquí, una nariz allá, recortados contra un fondo de verdes pirámides cuadriculadas.

—Pero, ¿dónde estoy yo? —protesto con una mezcla de decepción y creciente e incontenible ira.

—¿Cómo que dónde estás? ¡Pues aquí mismo!

—¡Pero así nadie va a saber que soy yo! —me quejo amargamente.

—¡Por supuesto que van a saber que eres tú! —me asegura Gabino.

Mientras agita sus pinceles en un frasco lleno hasta la mitad con solvente, se dedica a explicarme que el futuro de las artes plásticas está definitivamente en las perspectivas simultáneas y no en la lógica mimética.

—Mi pobre y querida Ángela. Tu inocente cabecita está llena de ideas burguesas respecto del arte —suspira Gabino como si mi caso fuera decididamente un caso perdido.

En mi cabeza se suceden, una a una, veinte formas distintas de matarlo, por ejemplo haciéndole beber de ese pigmento verde veneciano que, a primera vista nomás, parece lo suficientemente venenoso.

A través de la ventana puedo ver un cielo oscuro y gris como una lápida de mármol. Afuera llueve. Hace tres días que no para de llover y las calles se han convertido en un verdadero barrizal.

En el futuro, no habrá barro en Buenos Aires porque la ciudad estará cubierta con una enorme cúpula de cristal adentro de la cual siempre habrá un clima perfecto. También habrá cintas metálicas en continuo movimiento que les permitirán a las personas desplazarse de una punta a la otra de la ciudad sin necesidad de caminar.

Buenos Aires, estrella del sur, ciudad geométrica y cuadriculada, una de las tantas ciudades de papel, trazadas sobre un plano y escritas en un acta fundacional aun mucho antes de existir. Tu letargo colonial y tu chatura pronto serán reemplazados por deslumbrantes puentes colgantes y por rascacielos construidos con los más modernos recursos de la ciencia y de la técnica. Pronto pertenecerás al mundo de los grandes hoteles, las estaciones ferroviarias, los puertos colosales, las galerías luminosas. Tus altísimos edificios se llenarán de ascensores que subirán por tus torres, no como ahora, escondidos como gusanos en los huecos de las escaleras, sino trepando como víboras de hierro y vidrio a lo alto de las fachadas. Tu cielo se congestionará con aeroplanos eléctricos, barcos voladores y trenes con alas mecánicas.

¿Y Menguante? ¿Dónde se habrá metido? Hace días que no aparece por la casa. Sin dudas, se habrá ido a cazar ratas. En estos últimos tiempos, Buenos Aires ha sido invadida por millones de ratas. Yo le oí decir a mamá que vienen en los barcos. Los barcos siempre están llenos de ratas, animales sumamente peligrosos, transmisores de las enfermedades más espantosas.

Buenos Aires estos días está completamente sumergida en las ratas y el barro.

LOS HABITANTES DE LA TIERRA SE OBSTINAN EN VER PALABRAS ESCRITAS EN TODOS LADOS

Por la tarde, la Plaza Mazzini se ve invadida por familias de inmigrantes y marineros de navíos extranjeros que se reúnen allí, como punto de encuentro, para luego comenzar a recorrer la ciudad en busca de empleo, de vivienda o, simplemente, de esparcimiento.

El sol de otoño baña con sus tenues rayos los jardines de la plaza que, en esta época del año, están repletos de achicorias. Alrededor del monumento a Mazzini hay un exuberante cantero donde florecen jazmines del país y alelíes. Mazzini, quien en vida se dedicó a luchar por la unión y la independencia de Italia, mira desde su pedestal hacia lo alto y apoya su mano derecha sobre el respaldo de una silla. ¿Qué significará esa silla de mármol que permanece tallada junto al cuerpo de Mazzini? Nadie lo sabe.

—Disculpe, señor, ¿podría usted informarnos la razón por la cual han esculpido a Mazzini al lado de una silla? —pregunté los otros días a un hombre de gorra ladeada y tupido bigote rubio que descansaba sobre el pasto junto a un bollo de papeles grasosos y una botella vacía.

El hombre resultó ser un motorman del tranvía 37, que va desde Plaza de Mayo a Núñez, y que, en su rato de descanso, aprovechaba para comerse un par de empanadas de carne recostado al sol.

—¿Una silla? Es cierto, no me había fijado. Supongo que será porque pensaron esculpir a alguien más, sentado, y luego cambiaron de opinión —al hablar, el hombre dejaba sentir su fuerte vaho a alcohol—. Lo que sí puedo decirte con certeza es que allí mismo, donde estás parada, no hace mucho pasaba el ferrocarril.

Acto seguido, el hombre comenzó a contarme de qué manera el tren pasaba junto a la Plaza Mazzini lanzando penachos de humo y silbidos. También me contó que a la orilla del río, a pocos metros de allí, había un predio que solía ser ocupado por lavanderas. Se trataba de mujeres negras, árabes, españolas o criollas, que se sentaban durante horas sobre los montículos de tierra de la orilla a esperar que la ropa recién lavada, extendida sobre los paredones del ferrocarril, se secara al sol.

—Cuando uno recorría el lugar, podía escuchar hablar a esas mujeres en todos los idiomas —decía el hombre.

Me contó, así mismo, que algunas eran tan jóvenes como yo y que otras eran, en cambio, viejas y desdentadas. Algunas iban solas y otras llevaban a sus pequeños, que se dedicaban a hacer montañas con el barro de la orilla y luego las perforaban haciendo grutas y cavernas con los dedos. Eso cuando no se dedicaban directamente a tirarse pelotas de lodo unos a otros. A veces, las pelotas de lodo iban a estrellarse contra la ropa que se encontraba secándose y entonces sí que se armaba.

Entre los jazmines del país y los alelíes puedo ver, en el cantero que bordea al monumento, esos peligrosos hongos azules y brillantes con los cuales casi se envenena Mirko días atrás.

La otra tarde, Mirko y yo estábamos descansando, sentados en uno de los bancos de la plaza, y Mirko los descubrió.

—Éstos son los hongos que mi tía usa para hacer las ensaladas —comentó tomando entre sus dedos un carnoso ejemplar. Sin más preámbulos, se lo llevó a la boca y comenzó a masticarlo.

Seguimos sentados, hablando de las olas polares que asolaron al mundo en épocas prehistóricas y pensando cuánto faltaría para que comenzaran a asolarlo de nuevo.

—Si los períodos interglaciales duran, al menos, veinte mil años y el último terminó hace dieciocho mil años, sin duda ya no debe faltar mucho, según mis cálculos —comenté, haciendo rápidas operaciones mentales—. Todo debido a una leve desviación de la órbita terrestre alrededor del sol. Unos centímetros más a la derecha o a la izquierda y ¡zas! cinco mil grados menos de temperatura —seguí especulando, cuando, de pronto, pude ver que Mirko empezaba a transpirar y que sus ojos se habían llenado de lágrimas.

—¡Mirko! —grité.

Pero los ojos de Mirko permanecían fijos en la estatua de Mazzini. Señalando hacia la cima del monumento, me suplicaba con voz ahogada que hiciera algo para callar a la estatua. En su alucinación auditiva, escuchaba al marmóreo Mazzini declamar con palabras violentas y febriles los Fundamentos de la Joven Italia. Los mismos cruzaban el Paseo de Julio hirientes como filosas puñaladas.

—Tendría que ir a buscar a Gorman —pensé, pero en seguida desistí de la idea. Seguro que si Gorman se enteraba de lo que había pasado, me iban a echar a mí la culpa de que Mirko hubiera comido los hongos.

Mirko permaneció en tan lamentable estado durante aproximadamente quince minutos. Después, se quedó dormido sobre el banco.

Tirada al sol sobre la alfombra de mi cuarto, reclinada sobre los almohadones, me dispongo a escribir en mi Libro del Fin del Mundo.

Vista desde la Tierra, parece como si en la faz de la luna estuviera escrita la palabra DESTINO. Pero los que habitamos en la luna sabemos que aquí no hay escrita ninguna palabra. Los habitantes de la Tierra se obstinan en ver palabras escritas en todos lados.

Visto desde la orilla, parece que el mar tuviera escrita sobre sus aguas la palabra ETERNIDAD. Pero los habitantes del mar sabemos que no hay nada escrito sobre las aguas. Los habitantes de la orilla se obstinan en ver palabras escritas en todos lados.

Vistas desde la aldea, parece que en las copas de los árboles estuviera escrita la palabra VERDAD. Pero los habitantes del bosque sabemos que la verdad jamás podrá ser vista por los habitantes de la aldea.

¿PARA QUÉ CAE LA LLUVIA SI NO ES PARA SACARLE
EL POLVO A LAS PLANTAS?

—El continente chino está bañado al este y al sur por los mares Bohai, Huanghai, Donhai y Nanhai. En las extensas aguas marítimas de China existen cinco mil cuatrocientas islas. Las más grandes son Taiwan y Hainan. También hay arrecifes y bancos de arena. Los bancos de arena están llenos de pavos reales —le digo a Mirko.

Mirko se dedica a tirar piedras, intentando que éstas caigan lo más lejos posible de la orilla del río. Las piedras caen rodeándose de achocolatados círculos concéntricos cada vez más grandes.

Su Graciosa Majestad, la Reina de Inglaterra, montó en cólera cuando se enteró de que el Plenipotenciario Imperial chino le había regalado a su delegado comercial la pequeña isla de Hong Kong. ¿Para qué podrían querer en Inglaterra esa insignificante isla pelada? Ese error de apreciación de la Reina le costó al delegado comercial su puesto. El Plenipotenciario Imperial, por su parte, estuvo a punto de ser ejecutado.

China les vendía a los ingleses seda y té. Los ingleses les vendían a los chinos opio, cuyas amapolas cosechaban en la colonia de Bengala. La excelente ubicación en la desembocadura del río de las Perlas pronto convirtió a la isla de Hong

Kong en un floreciente emporio comercial que daba a Inglaterra dividendos que superaban con creces todos los posibles cálculos realizados.

—Mi padre, que era chino, participó de la Segunda Guerra del Opio y lo nombraron funcionario del palacio de Pekín —digo.

Aprovecho, de paso, para contarle a Mirko acerca de los perros pekineses. Estos perros eran considerados en China como descendientes del sagrado perro Fu y se creía que los mismos ahuyentaban los malos espíritus. Eran venerados como semidioses y los plebeyos debían inclinar la cabeza a su paso. Cuando un emperador moría, sus pekineses eran enterrados con él para que lo acompañaran en la otra vida. Llegaron a Europa cuando las tropas británicas conquistaron el palacio de Pekín, luego de la Segunda Guerra del Opio. Los guardianes chinos recibieron la orden de matar a todos los perros que allí había para evitar que cayeran en manos de los "diablos extranjeros" pero, sin embargo, cinco de ellos sobrevivieron y fueron llevados a Inglaterra. De tres se desconoce el paradero.

—Uno se lo regalaron a la Reina Victoria. Otro me lo envió mi papá a mí en un barco, pero en el medio del océano unos piratas atacaron el barco y el pobre perro se cayó al agua y murió ahogado —comento.

—Tu papá nunca fue funcionario en la China, Ángela —me confronta Mirko.

—Sí que era. Era un oficial chino de alto rango y, como había sido tan valiente durante la batalla, los ingleses no se animaron a tomarlo prisionero. En cambio, lo nombraron funcionario chino de palacio —insisto.

—Tu papá no era chino. Era un marino de río que llevaba pasajeros de ida y vuelta, de Buenos Aires a Colonia del Sacramento.

Miro a Mirko con odio. Indignada, le doy un empujón. Está a punto de perder pie y caer al agua.

Mirko agarra mi larga trenza roja y tira con todas sus fuerzas.

Cuando llego a casa, tengo toda la cara manchada de barro y estoy completamente despeinada. Además, mucho me temo que otra vez perdí mi moño.

Mamá está sacándole lustre al juego de té de plata que habitualmente reluce en la mesita de la sala: una bandeja labrada, dos teteras, una más grande y una más pequeña, una lechera y una azucarera, cuyos picos y asas tienen forma de serpientes enroscadas.

—¿Dónde estabas? Hace rato que te estoy buscando —dice mamá.

En estos días, está especialmente atenta a mis movimientos porque la semana pasada estalló una bomba en una estafeta postal cercana a la Plaza de Mayo. Miles de cartas volaron por los aires. Más allá de eso, sólo hubo dos heridos leves.

—Fui con Felicitas a ver al hombre que amaestra palomas en la Plaza de Mayo —contesto.

—Pero, ¡cómo te has puesto! ¡Estás hecha una mugre!

—Es que tropecé y me caí dentro de la jaula de las palomas.

Si mamá llega a enterarse de que fui al puerto con Mirko es capaz de impedir que vuelva a salir de casa por semanas.

Hará cosa de un mes, nos vio juntos a Mirko y a mí en la calle y, una vez en casa, me armó un escándalo:

—Cuando nos mudemos a Flores, por fin dejarás de ver a ese chico. Es hora de que cambies tus costumbres, de que te relaciones con chicas de tu edad. ¿No te das cuenta de que ya eres una señorita?

Mamá apoya la bandeja con el juego de té sobre la mesa. Está brillante como un espejo.

—Tendrás que ayudarme con las plantas —mamá señala las macetas del balcón.

—¿Otra vez?

Mamá tiene la ridícula costumbre de lavar las hojas de las plantas. Más bien, tiene la ridícula costumbre de ordenarme a mí que las lave. Dice que los carros de los caballos en la calle levantan mucho polvo y que el polvo se posa sobre las hojas y no las deja respirar correctamente.

Me entrega un balde con agua jabonosa y un trapo. Deberé pasarme la próxima hora limpiando, una por una, cada hoja del balcón: sean alargadas o redondas, verde oscuro o con pintas anaranjadas, con flores de cactus, con flores carnívoras o llenas de pinchos, de gusanos o de arañas. ¿Acaso la Madre Naturaleza no sabe limpiarse sola? ¿Para qué cae la lluvia si no es para sacarle el polvo a las plantas? Además, ¿dónde está Magnolia? ¿Acaso no le pagan a ella para que realice esta clase de trabajos? Quizá la picó una de esas moscas chaqueñas que paralizan a las personas. De mala gana, tomo una hoja amarillenta y comienzo a humedecerla con mi trapo.

Cuando volvía de mi paseo con Mirko, precisamente vi a Magnolia en la esquina de casa. Un hombre la zarandeaba por el brazo. Me pregunto si sería su padre, el jardinero, aunque, en realidad, este hombre era más bien joven.

Cuando los otros días vino a casa el doctor Gorman, mamá le comentó la extraña conducta de Magnolia en la cocina, que intentaba sazonar la ternera con hebras de té. Gorman le explicó que era un típico caso de sonambulismo. Le dijo que, cuando esas personas se encuentran en ese estado, es mejor no perturbarlas porque, si se despiertan, se enojan e incluso pueden llegar a atacar a quienes las despiertan. Gorman le contó, además, que él mismo tenía un paciente que era incapaz de conciliar el sueño por miedo de morirse mientras dormía. Pero, como al no dormir se cansaba terriblemente, de a ratos se quedaba dormido durante el día, con los ojos abiertos. Pocas personas se daban cuenta de su estado. Sólo se notaba por insólitas conductas como, por ejemplo, cuando comenzaba a caminar y mantenía siempre una determinada dirección, no importaba qué cosa se le interpusiera en su camino.

—Esta clase de personas se quedan dormidas en los momentos y lugares más extraños —remarcaba Gorman.

EL ATAQUE DEL TERO ASESINO

Eisman, el lechero, pasa por la puerta de nuestra casa todas las mañanas con su carro cargado de tarros repletos de blanca y espumosa leche que llega, recién ordeñada, de la zona de Cañuelas. Todas las mañanas, las resignadas vacas pampeanas se dejan estrujar sus hinchadas y rosadas ubres de caucho y Eisman sale a hacer su reparto con el caballo adornado con ampulosas anteojeras y lleno de campanillas y cocardas. Así sucede cada mañana, a la misma hora y tan naturalmente como el sol cuando se asoma sobre el horizonte en el río y sus rayos comienzan a dorar los techos de la ciudad.

La leche, pura e inmaculada, es vertida en cada balde, en cada jarra, en cada taza como una suerte de materno *élan* vital. La rutina de Eisman fue adquiriendo, con el tiempo, algo de ritual sagrado o de comunión urbana con el espíritu de la pampa.

Sin embargo, me he dado cuenta de que, por algún motivo, la presencia de Eisman logra alterar sobremanera a Magnolia. Los otros días, por ejemplo, ella dejó caer su jarra y comenzó a gritar que la leche de Eisman estaba llena de moscas negras que zumbaban y se debatían tratando de despegar las amarillentas alas, irremediablemente pegoteadas en esa viscosa blancura láctea.

Dado que la leche yacía volcada sobre el empedrado, nos fue imposible determinar si los insectos ahogados en el charco provenían de la jarra o eran, en cambio, naturales habitantes del Paseo de Julio cuyo entorno había sufrido tan intemperante inundación láctea. No sé muy bien qué es lo que habrá pasado. Lo que sí hay que reconocer es que Magnolia es una muchacha de lo más extraña. La mayor parte del tiempo parece estar realmente en el reino de Babia.

Eisman, por ejemplo, es otro individuo que, al igual que Escudero, pasará sin duda parte del día dedicado al cuidado de sus bigotes, vertiendo sobre él perfumes y pomadas de toda clase y envolviéndolo en papel manteca por las noches. Por mi parte, estoy convencida de que Escudero debe pasarse horas observando su tupido ejemplar frente al espejo. Seguramente le agregará incluso algún tipo de gomina o brillantina. Un solo pelo fuera de lugar le resultaría por completo intolerable.

Los otros días, tía Crucifixión y su familia habían venido a almorzar a nuestra casa. Cuando terminamos de comer, a Beltrancito se le antojó un barquillo de los que vende el barquillero que, a la hora de la siesta, recorre la Plaza Mazzini golpeando con vehemencia su triángulo de metal. Como el día era francamente espléndido y el sol brillaba en las alturas como un esférico dios dorado, tía Crucifixión y mamá se cruzaron con los niños hasta la plaza. Escudero, que aparentemente sufría en aquel momento un problema de urticaria —aquella mañana se había despertado con todo el cuerpo cubierto de una molesta y desagradable erupción—, prefirió no exponerse al sol y se quedó, en cambio, en la sala de casa.

De hecho, yo tampoco fui a la plaza porque luego de almorzar ocurrió un confuso episodio durante el cual la jarra con granadina acabó derramada en la alfombra. Asumiendo que yo había tenido la culpa, mamá me mandó a mi cuarto, castigada.

En lugar de dirigirme al cuarto, sin embargo, permanecí en el descanso de la escalera. Desde mi lugar, tras los barrotes del segundo piso, podía ver a Escudero solo, en la sala, sentado en una silla, tan rígido e inmóvil como Pinocho cuando aún era de madera. Como permanecía así, completamente paralizado, por un momento pensé que quizá le había dado alguna clase de ataque, por ejemplo, una reacción alérgica. Pero no; al cabo de unos quince minutos, Escudero se incorporó. Acercándose al cuadro de la sala con la imagen de la joven de vaporoso vestido que se hamaca en un columpio sostenido por guirnaldas de flores, se dedicó a ponerlo en escuadra. Lo colocaba en una posición, tomaba distancia, lo observaba, se acercaba nuevamente y volvía a acomodarlo como si nunca quedara del todo satisfecho. Se mantuvo así ocupado hasta que, finalmente, todos regresaron de la plaza.

—¡Papá! ¡Papá! ¡Un pájaro se comió mi barquillo! —Beltrancito, entrando como una estampida, buscó refugio tras las piernas de Escudero. En su mano izquierda conservaba los desmigajados despojos de lo que, hasta no hacía mucho, sin duda había sido un prominente barquillo.

—Fíjate que, ni bien habíamos comprado el barquillo, un enorme tero se lanzó en picada desde un árbol y, de un picotazo, ¡le arrancó el barquillo al niño! Poco faltó para que le lastimara la cara —protestaba tía Crucifixión, indignada contra la fauna aviaria.

—Mi papá algún día será presidente —le cuenta Beltrancito a quien quiera escucharlo.

Escudero, por su parte, se ha tomado muy en serio su trabajo de subcomisario. Los otros días, él y Gorman fumaban unos habanos en la sala y Escudero se explayaba acerca de su experiencia ciudadana.

—Buenos Aires encierra dos clases de pícaros: los naturales y los extranjeros. Los primeros son pocos y menos peligrosos que los segundos. El pícaro criollo se revela con facilidad al ojo menos observador. Le cuesta deshacerse de la cáscara de compadrito común a todos ellos. El extranjero, en cambio, no deja que se deduzcan reglas para conocerlo y recurre a cuanta artimaña le sugiere su imaginación a fin de ocultar su pasado, teniendo como recurso invencible su poco conocimiento de nuestro idioma. Se debe ser muy astuto para pillar a estos criminales.

Gorman asentía con la cabeza pero a mí me daba la impresión de que no estaba prestando demasiada atención a las palabras de Escudero. Su mente estaría sin dudas muy lejos, entre intestinos delgados y tráqueas, entre apéndices perforados y migrañas.

—Fíjese, Gorman, que la calle Viamonte se ha convertido en el paradero nocturno de todos los vagos de la ciudad, especialmente de los maleantes, no solamente por el poco costo de los tugurios que allí se encuentran sino por la seguridad que éstos les confieren. En el caso de producirse la visita de las autoridades, estos antros tienen dispuesto un doble sistema de puertas —hacia la calle y hacia los fondos— para facilitar el escape. ¡Usted no se imagina la cantidad de veces que los maleantes han terminado refugiándose nada menos que en el convento de nuestras dulces catalinas!

Por la noche, me dedico a hojear una revista. Reproducida en ella veo una fotografía de la lejana isla de Bali. Unas bailarinas danzan escenas del *Ramayana* acompañadas por la música de un gamelán. Sus vestidos están confeccionados con lentejuelas de oro y perlas negras. Sus largas uñas doradas apuntan al cielo, al igual que el pico dorado de sus sombreros, similares a las torres de una pagoda.

La vaca que cayó del cielo

La electricidad se manifiesta por atracciones y repulsiones y su unidad de medida es el electrón. Los electrones son átomos eléctricos mil veces más pequeños que los átomos de la materia. Mucho ha ocurrido desde que Franklin descubrió que podía hacer uso de la electricidad de las tormentas. Por ejemplo, Gramme inventó su dínamo y Edison las lámparas incandescentes. Hace muchos años, Buenos Aires estaba iluminada con faroles de vela de sebo o de aceite de potro. Después, se iluminó con gas o querosén. Hoy la ciudad de Buenos Aires se encuentra iluminada con luz eléctrica en muchas zonas. Sin embargo, aún no se han establecido ni la unificación de los estándares lumínicos, ni los espesores de filamentos, ni las medidas o los tipos de enchufes. Cotidianamente se producen en la ciudad una serie de accidentes que causan la muerte de centenares de personas, que quedan pegadas a los hilos de cobre de los diferentes aparatos y perecen carbonizadas como insectos.

La sala de nuestra casa está iluminada por una lámpara que posee cuatro bombitas de diez bujías cada una. Subida a una silla tapizada con gobelino, mamá está tratando de determinar por qué motivo una de ellas titila continuamente. Estira sus brazos, retira la tulipa en forma de flor y observa. Su pesado cuerpo se bandea peligrosamente hacia los lados. La lámpara chispea con los estertores de una estrella en extinción. Mamá da un pequeño golpe con su uña sobre el vidrio y ¡paf!, la lámpara explota con un fogonazo de humo negro. Aterrorizada, mamá pierde estabilidad y cae de la silla al piso. Está tan obesa que parece una vaca cayendo del cielo.

Magnolia escucha el estruendo y corre desde el otro cuarto. Juntas arrastramos a mamá hasta uno de los sillones. Aparentemente, sólo se ha torcido un tobillo.

Camino por la Recova hasta la calle Sarmiento. Luego doblo por la calle San Martín. Voy a buscar al doctor Gorman a su consultorio. Mientras avanzo, observo las densas y edematosas nubes que cubren el cielo, como si Dios estuviera envolviendo su estúpido planeta entre sucios algodones. Nubes algodonosas. Hay cirros, cirrostratos, cirrocúmulos, altocúmulos, altostratos, estratos, nimbostratos y también hay estratocúmulos, cúmulos e incluso cúmulonimbos. Algunas parecen plumas de cisne y otras, papas hervidas; otras son majestuosas y ondulantes y se parecen a las cortinas de tul de la sala cuando las agita el viento y otras, como estas que ahora cubren el cielo, son las que aparecen cuando se está por desencadenar una tormenta electromagnética.

Con Mirko, a veces jugamos a encontrar figuras en las nubes. La otra tarde, por ejemplo, ambos estábamos sentados en el borde de la fuente de las Nereidas y las mirábamos sobre el río.

—Aquélla se parece a un samurai, con su uniforme de gala y su *katana* —decía yo.

—Aquella otra, en cambio, se parece al turbante del sultán Ghiyas-ud Din, cuya madre pertenecía a la tribu de los raiputas —contestaba Mirko.

—¿Y aquélla? Aquélla parece un samovar ruso.

—Y aquella otra un monocondilo persa cuyo significado en clave jamás será descifrado.

El doctor Gorman tiene su consultorio en un viejo edificio, en la esquina de San Martín y Cangallo. A él se accede por una angosta escalera de mármol que termina en un zaguán con una puerta de reja. Junto a la reja hay una chapa de bronce: "Dr. Pamino Gorman, Médico Clínico".

¡Pensar que en estos momentos mamá podría haber muerto electrocutada, la piel azul, los cabellos de resorte y blanca espuma radiactiva saliendo por su boca! Me estremece la imagen. La corriente eléctrica es sumamente peligrosa. Sin ir más lejos, no hará unos seis meses, en el mismo Paseo de Julio, un hombre que intentaba bajar a un gato que se había subido a la rama de un árbol tocó sin querer un fusible y recibió una fuerte descarga proveniente del cableado del tranvía eléctrico. El hombre cayó instantáneamente fulminado sobre el empedrado sufriendo unas horribles convulsiones. Sin embargo, no murió. Media hora más tarde, aun caminaba por el Paseo, contándole a quien quisiera oírlo que acababa de ver a Dios.

En la sala de espera del consultorio hay dos personas que, sentadas una frente a la otra, cuchichean sin cesar. Aparentemente, Gorman aún no ha llegado.

Observo a mi alrededor. Las paredes del consultorio están cubiertas con láminas del aparato fonador. Impresas sobre un enorme mapa en colores de la epiglotis, puedo leer las siguientes palabras: "Anatomía del habla" en una antigua tipografía gótica que me hace acordar a las láminas didácticas desplegadas sobre las paredes del Liceo. Lustrosas venas púrpuras como plantas de coral, erguidas arterias azul francia recorren el cuello de una pobre cabeza despellejada, cuyos globos oculares desnudos expresan todo el espanto de su destino ilustrado cuyo sentido primero es, sin duda, ocultar una dudosa pared cubierta de manchas aun más dudosas.

Contra una de las paredes hay también una vitrina, dentro de la cual se despliega una prolífica colección de mandíbulas y de tapas de cráneos fragmentados a sierra.

Sobre la vitrina, una tráquea y sus bronquios de porcelana coloreada de rojo y azul.

Recuerdo haber leído un artículo acerca de la propiedad de algunos cantantes del Tibet que emitían sus cantos sagrados como si en lugar de una cantaran dos personas a la vez. El artículo explicaba que el fenómeno se debía al desfase de una fracción de segundo que existía entre el paso del aire pulmonar de un bronquio con respecto del otro.

Intento yo misma cantar a dos voces, pero lo único que consigo es hacer un extraño y gutural ruido que motiva que las dos personas junto a mí me observen durante unos segundos. Luego, vuelven a su parloteo constante.

Hasta ahora, no había reparado en absoluto en lo que decían. Sin embargo, un par de palabras pronunciadas llaman particularmente mi atención.

—¿El relojero de la calle Tucumán?

—El que hace los pájaros de metal a cuerda.

¿Se estarán refiriendo acaso a Copelius?

Me detengo a escuchar:

—¿Nunca ha pensado qué hay detrás de esos pájaros?

—¿Cómo que qué hay detrás de los pájaros? Son unos pájaros autómatas.

—Pero mi querido Cosme, no sea ingenuo. Bien debería saber que quien es capaz de armar un mecanismo de relojería de esa índole puede perfectamente armar una bomba.

La puerta del consultorio se abre.

—¡Ángela! ¿Qué demonios estás haciendo aquí? —exclama Gorman al verme, a la vez sorprendido y desconfiado.

La cartografía de los sueños

▬

El doctor Gorman le ha envuelto el tobillo a mamá con una gruesa venda de gasa. Ella permanece reclinada sobre el sillón de la sala con su pierna vendada en alto, sobre unos almohadones. Ambos conversan en voz baja.

Yo, por mi parte, me encuentro sentada al sol, como un indio, sobre el piso del balcón. Estoy leyendo el artículo de una revista que habla sobre el poder creativo de los sueños y dice, por ejemplo, que un violinista compuso una sonata mientras estaba dormido. También dice que el poeta inglés Coleridge soñó un poema sobre Kublai Khan, el emperador de los mongoles, cuyos dominios se extendían desde Polonia hasta el río Amarillo. Al despertar, vertió el poema íntegro en las páginas de su cuaderno de notas. Este último caso no deja de ser curioso porque parece que, en el poema, se describía el palacio del emperador tal como había sido en la realidad, según se descubrió años después al hallarse las ruinas del palacio. Pero lo más curioso es que el propio Kublai Khan había, a su vez, mandado a construir su palacio de acuerdo con un plano que él mismo había soñado. ¿Existirá una cartografía de los sueños? ¿Recorreremos espacios que existen en algún sitio onírico y que son transitados igualmente por otras personas?

—¿Cómo que subida a la silla? —Gorman lanza un rugido.

Levanto los ojos de mi revista. Gorman se da vuelta hacia mí, su calvo entrecejo crispado, y me increpa:

—Pero, ¿cómo has podido dejar que Martirio se suba a una silla? Podrías haber ayudado, aunque sea una vez en la vida, a tu pobre madre —dice, lanzándome una mirada fulminante.

Para muchas personas, la felicidad es algo natural como el éter, un ente ideal, perfectamente fluido, perfectamente elástico y carente de peso que llena todo el universo. Para otros, en cambio, la felicidad es un concepto abstracto del cual, muy posiblemente, jamás comprenderemos el significado.

Por un momento se me cruza por la cabeza que si mamá se hubiera electrocutado, Gorman habría desaparecido por completo de mi vida.

Cuando está por retirarse, el Doctor me lleva hasta un rincón y me recuerda:

—No hagas rabiar a tu madre. Bastantes problemas tiene ya, sin que la estés molestando.

Luego agita frente a mi cara una receta.

—Llévasela a don Fermín, el farmacéutico. No te olvides de decirle que te mando yo, el doctor Gorman.

Camino por la calle Tucumán hasta llegar a Florida. La calle Florida se ha convertido últimamente en una floreciente arteria urbana con sus modernos edificios estilo segundo imperio, sus negocios, oficinas y casas de cambio. Decenas de victorias atraviesan la calle en ambos sentidos. Los cocheros, fusta en mano, se las ven en figurillas para avanzar por entre el hormigueo de un centenar de hombres de traje que concurren presurosos a sus trabajos.

En la esquina de Corrientes y Florida hay un kiosco de hierro verde, similar al que se encuentra en la esquina de Corrientes y el Paseo de Julio. En él se exhiben los diarios de la tarde. Puedo ver las grandes letras de los titulares:

EL PRESIDENTE FIGUEROA ALCORTA
DECRETA EL ESTADO DE SITIO

Hay otro titular, bastante más pequeño, a pie de página:

EXPEDICIÓN PARTE RUMBO A LA ANTÁRTIDA

Me detengo a leer esta última noticia:

La expedición del inglés Robert Falcon Scott, a bordo del buque "Terranova", ha partido hoy desde la ciudad de Melbourne, Nueva Zelanda, rumbo a la Antártida. Desde que se pisó la Antártida, el último continente descubierto por el hombre, numerosos exploradores y aventureros habían intentado adentrarse en esas tierras congeladas e inhóspitas que, hasta no hace mucho, aparecían en los mapas bajo el nombre de Terra Australis Incognita.

La farmacia de don Fermín tiene un gran mostrador de nogal. Detrás hay estanterías de madera que llegan hasta el techo, llenas de frascos de vidrio color ámbar. Cada frasco tiene su etiqueta: bromuro de potasio, cloruro de amonio, bicarbonato de sodio, nitrato de plata, sulfito de calcio, alcanfor. Una pizarra escrita con tiza de color indica que allí se preparan al instante jarabe para la tos y licor de las Hermanas.

—Por favor, señor, necesito que me prepare esta receta con suma urgencia.

Le extiendo la receta a don Fermín, un viejo de pelo blanco tan despeinado que su cabeza parece uno de los copos de azúcar que venden los vendedores ambulantes en la Plaza de

Mayo. Don Fermín la observa durante unos instantes y se pierde tras una cortina floreada.

Una señora de sombrero azul se encuentra a mi lado. Posiblemente espera ella también que le preparen su propia receta.

—Disculpe, señora. ¿Podría usted decirme por qué motivo han incorporado una silla en la estatua de Mazzini?

—¿Una silla? Seguramente se trate de una estatua de Mazzini ya anciano...

Por unos minutos, permanecemos la una junto a la otra en silencio, con los ojos fijos en la cortina floreada. Don Fermín evidentemente se está tomando su tiempo con nuestros pedidos.

Luego de unos momentos, agrego:

—¿Sabe usted? Mi padre está a punto de zarpar para la Antártida. ¿Ha leído usted acerca de la expedición en los diarios de la tarde? Mi padre se encontrará con Falcon Scott en Tierra del Fuego y ambos partirán rumbo a la Terra Australis Incognita. Papá es un explorador famoso y ha hecho importantes descubrimientos. Por ejemplo, descubrió las ruinas del palacio de Kublai Khan, el emperador de los mongoles, en Samarcanda.

La mujer me observa sumamente interesada.

—En su barco papá lleva, además de veinte hombres, treinta perros polares, ciento sesenta vacas para darles de comer a los perros y diez toneladas de pasto para darles de comer a las vacas. También lleva unos zapatos para caminar sobre la nieve que parecen enormes raquetas de tenis.

La mujer está ahora verdaderamente encantada.

—Esta vez, además, me va a llevar a mí también en su expedición. Incluso ha mandado a hacer unos zapatos-raquetas especiales para niñas para que yo pueda salir del iglú, donde permaneceremos por las noches, y pasearme bajo las estrellas polares.

En el medio de la noche, escucho ruidos en la casa. Me levanto sobresaltada y bajo la escalera. En su habitación, mamá ronca profundamente, sin duda debido a los calmantes que le recetó Gorman. Los ruidos continúan. Asomo la cabeza al pasillo y alcanzo a ver a Magnolia. Camina hacia las escaleras con pasos de autómata. Tiene puesta únicamente su camisa de dormir y avanza extendiendo sus brazos hacia adelante como si alguien invisible la estuviera llevando de las manos.

Me acerco a ella. Compruebo que está caminando dormida. Gabino también se ha despertado debido a los ruidos. Se acerca a mí y me hace un gesto para que me aparte. Luego toma a Magnolia del brazo y juntos la conducimos nuevamente hasta su cama.

Una vez que nos aseguramos de que no tiene intenciones de volver a levantarse, salimos al pasillo.

Gabino me cuenta que una noche, en París, su amigo Max comenzó a caminar por las cornisas del Bateau Lavoir con los ojos cerrados. Todos salieron a las ventanas de sus habitaciones a mirarlo. Max caminó haciendo equilibrio por el delgado borde hasta llegar frente a una de las paredes de chapa. Sobre la misma, escribió con una tiza:

"Ce n'etait pas la peine de trancher le cou du clown pour montrer que la foire est finie".

Luego, volvió sobre sus pasos y se metió nuevamente en su cama.

—Aunque, en realidad, nunca supimos con certeza si Max estaba de veras sonámbulo o lo hizo solamente para burlarse de nosotros —comenta Gabino. Su propio recuerdo le produce una sonrisa.

Montada sobre un Pegaso de éter incandescente

Camile Flammarion, un famoso astrónomo francés, vio un eclipse de sol cuando tenía cinco años. Como su madre no quería que se dañara los ojos, le preparó especialmente un balde con agua para que pudiera mirar el fenómeno reflejado sobre la superficie del agua. Flammarion se ha dedicado desde entonces a estudiar las estrellas y sostiene que, cuando la cola del cometa Halley envuelva la Tierra, se sucederán una serie de cambios físicos, psíquicos y sociales que afectarán profundamente a nuestro planeta. Las culturas entrarán en decadencia y colapsarán, las especies se extinguirán y los hombres se encontrarán solos al llegar el fin del mundo. La Tierra sucumbirá, ya sea por inundaciones, frío, diluvios, fuego o asfixia y quedará como Marte, con sus océanos desaparecidos y sus continentes aplanados.

El día en que el cometa Halley se encuentre más próximo de la Tierra será el 18 de mayo. Pasará y sus gases tóxicos envolverán al doctor Gorman, a Escudero, a tía Crucifixión y también a mamá. Yo, por mi parte, me agarraré de su cola amarilla de sulfuro y viajaré por el firmamento, montada en un gran pegaso de éter incandescente.

Camino bajo las sucias arcadas del Paseo de Julio, llenas de papeles y de cáscaras podridas. Aquí y allá han proliferado las agencias de colocaciones. Frente a ellas, grandes pizarras escritas con yeso anuncian las ofertas de empleos, los salarios que se ofrecen, las condiciones de alojamiento. Los inmigrantes se los hacen leer, dado que la mayoría no hablan nuestro idioma o son analfabetos.

Subo por la calle Viamonte y paso frente a sus restaurantes y casas de juego.

El convento de las catalinas sigue incólume, alejado del mundo. En su interior, las monjas continuarán sin duda leyendo su eterna letanía de nombres.

En el bar, la tía de Mirko, acodada sobre una de las mesas, conversa en un extraño idioma con unos marineros que, evidentemente, recién han desembarcado. Allí mismo soy testigo de una transacción clandestina de una botella de ginebra Bols por unos cigarrillos de marca húngara. Por lo general, la tía de Mirko fuma unos espantosos cigarros tucumanos.

Está tan maquillada que parece un mascarón de proa.

—¿Y Mirko? —le pregunto.

—Al fondo —me responde con su particular acento y, con una de sus uñas nacaradas, apunta hacia el interior del local.

La tía de Mirko pronuncia las palabras como si jamás despegara la lengua de la base de la boca.

Atravieso las mesas grabadas con navajas. Esquivo los brazos desnudos cubiertos con pelos y tatuajes. Paso junto a un cartel en el cual se ve la imagen de un viejo de barba tan larga que le llega hasta el piso y que brinda con una copa en alto: ¡Centenario gracias al Fernet Branca!

En el fondo del local encuentro a Mirko enfundado en un grueso abrigo de lana. Aunque aún es abril y el tiempo no está demasiado fresco, lleva puesta una larga bufanda verde enroscada alrededor del cuello y una enorme boina a cuadros sobre la cabeza.

Mirko y yo comenzamos a descender la pendiente de la calle Viamonte. Poco después nos encontramos frente a la puerta de la casa en donde estaban las personas con las máscaras. La puerta está, ahora, apenas entornada. Apuro el paso pero Mirko me agarra el brazo.

—¿A que no te animas a entrar de nuevo? —me dice con una sonrisa amenazadora en los labios.

Dudo unos instantes.

—¡Eres una miedosa! ¡Tienes miedo! —se burla Mirko.

¿Miedo yo? Respiro profundamente y empujando la puerta entro en la casa.

Esta vez, todo el lugar se halla en penumbras. Prácticamente a tientas, desciendo la escalera rumbo al sótano y me escondo de nuevo tras las cajas de cartón.

Desde mi escondite veo que en donde antes había un grupo de personas, ahora hay tres hombres sentados alrededor de una mesa. Una lámpara de luz mortecina pende sobre sus cabezas.

—... el nuevo subcomisario —escucho que está diciendo un joven de chaleco a rayas.

—Sí, podría ser un problema para nosotros —se hace eco otro joven obeso con una corbata de moño.

Sus voces suenan preocupadas.

—¿Beltrán Escudero? No se preocupen por él. Es incapaz de ver incluso lo que tiene delante de las narices. Lo hemos hecho nombrar precisamente por eso —le responde un hombre de anteojos redondos.

Sobre la mesa hay un plano extendido. Parece ser el plano de un gran edificio.

—El atentado se llevará a cabo ese mismo 18 de mayo, por la noche. Como pueden ver, éste es el plano del Palacio D'Orsay. Esta ventana aquí da justo en ángulo con la cabecera de la mesa —continúa el hombre de anteojos señalando un círculo sobre el mapa con un lápiz rojo.

—Pero, ¿cómo hará nuestro agente para entrar nada menos que en el Palacio D'Orsay?

—Ya lo hemos arreglado. Alguien, desde el interior del palacio, le abrirá la puerta. Luego, permanecerá escondido tras la cortina de la sala mientras el personal del palacio realiza los preparativos para la cena —explica el hombre de anteojos.

Observo las cajas de cartón a mi alrededor. Están cruzadas por un motivo de guardas incaicas. Me pregunto qué tendrán en su interior.

—A las nueve en punto de la noche, ni bien escuche el sonido del reloj de pie de la sala, nuestro agente disparará su arma. El ruido del disparo será apagado por las mismas campanadas del reloj.

Observo la cara de satisfacción de los jóvenes.

—Pero eso no es todo —aclara, y se dedica a explicar de qué manera ellos mismos crearán una confusión de modo que Escudero, que estará a cargo de la seguridad esa noche, piense que han sido los anarquistas y no ellos los culpables.

Entusiasmados, los jóvenes se ponen de pie y extienden su mano con vehemencia al hombre de anteojos que permanece sentado visiblemente satisfecho con la calurosa acogida de su plan.

De pronto, escucho un fuerte estornudo a mis espaldas. ¡Mirko! Mirko acaba de bajar las escaleras del sótano.

—¡Que alguien vaya a fijarse quién está detrás de esas cajas! —ordena el hombre de anteojos con voz de hielo.

Los jóvenes apartan sus sillas con un brusco movimiento.

Con un gesto desesperado, le indico a Mirko que salgamos en seguida de la casa. Nos arrastramos escaleras arriba, a través del pasillo y hacia la calle. Una vez afuera, corremos y corremos hasta llegar a los galpones de hierro que están junto a la orilla del río y que son utilizados como depósitos fiscales.

Nos detenemos junto a unas vías de ferrocarril en desuso, por las que antes circulaban los trenes que se dirigían a la antigua Estación Central.

Apenas recupero el aliento, exclamo:

—¿Te das cuenta? ¡Esos hombres van a realizar un atentado durante los festejos del Centenario!

Mirko permanece junto a mí y me observa con gesto de duda.

—Pero, ¡si tú estuviste allí abajo conmigo! ¡Si tú mismo has visto allí a los hombres!

—Alcancé a ver a unos hombres en un sótano pero apenas llegué, tú me indicaste que saliera de la casa —reflexiona Mirko.

Vuelvo a casa corriendo bajo las arcadas de la Recova. Creo sentir que alguien me sigue. Pero puede que sea sólo mi imaginación.

El Mapa Selenográfico de Beer y Moedler

—¡Mamá!

Entro corriendo a la sala.

Mamá está recostada en el sofá con su pierna apoyada sobre el almohadón tejido al crochet por nuestra tía Enriqueta, que vive en España. Hojea con displicencia una *Caras y Caretas*, semiamodorrada por sus calmantes.

—¡Mamá!

Mamá apenas si levanta los ojos de la revista.

—¡He escuchado a unos hombres que planean realizar un atentado para los festejos del Centenario! ¡Han dicho también que piensan que Escudero es un imbécil!

—¡Por favor, Ángela! Te prohíbo que hables así de tu tío, que es una excelente persona. Además, te he dicho mil veces que si sigues mintiendo te vas a ir al infierno.

—Pero es que...

—Haz el favor de dejarme en paz, te lo ruego. Anda y tráeme un vaso de agua.

Mamá se ha convertido en un ser realmente insoportable. Como casi no puede moverse, se ha apoltronado en la sala y Magnolia y yo debemos atenderla como si fuésemos sus esclavos nubios. Para colmo, ahora debo aguantar que venga Gorman todas las mañanas y todas las tardes con la excusa de revisar su tobillo hinchado.

Tirada sobre mi cama, observo la mancha de humedad que crece en la pared de mi cuarto con las manos colocadas a manera de almohada detrás de mi cabeza. Imagino que la mancha es el Mapa Selenográfico de Beer y Moedler. Beer y Moedler realizaron en 1834 la carta lunar más exacta y detallada que nunca antes se había diseñado. Beer era un banquero y astrónomo aficionado. Von Moedler era el director de un observatorio. Utilizando métodos de cartografía terrestre, como la grilla de puntos de referencia, se dedicaron a calcular la altitud de las montañas lunares. Luego, fueron trazando sobre el mapa los grandes cráteres —cuyos nombres escribieron en capitales latinas— y las montañas y colinas —cuyos nombres escribieron, en cambio, en minúsculas griegas. El Mapa Selenográfico de Beer y Moedler fue el primer mapa litográfico jamás publicado.

Lo cierto es que, sin duda, los mapas selenográficos poseen una perfección igual y tal vez superior a la de las cartas terrestres, ya que muestran con todo lujo de detalles cada círculo, cada cráter, cada volcán sobre la superficie de la luna.

Una de las principales curiosidades de la orografía lunar, por ejemplo, es el más espléndido de los volcanes, Tycho, así nombrado por el famoso astrónomo dinamarqués Tycho Brahe. Se trata de un centro de irradiación cuyo cráter vomita sin cesar continuos rayos luminosos. De él emana tal cantidad de luz que puede ser visto desde la tierra sin necesidad de ningún catalejo. Situado a los cuarenta y tres grados de latitud meridional y a los doce grados de longitud este, Tycho se muestra en todo su esplendor cuando la luna arriba a su plenilunio.

Otra de las curiosidades del relieve selenita son los extraordinarios conjuntos de piedras regularmente dispuestos en las cercanías del paralelo ochenta, a treinta grados de longitud este. Dichos conjuntos semejan ser una enorme fortaleza. Para algunos astrónomos, serían los vestigios de antiguas ciudades lunares, hoy desmanteladas, con sus puentes, avenidas y acueductos. Un profesor de Munich llamado Gruithuysen, por su parte, tenía la particular hipótesis de que los conjuntos serían en realidad las ruinas de unas fortificaciones construidas por sabios ingenieros selenitas para defenderse de sus enemigos estelares.

Cae la tarde. Subo la escalera de casa y, a la altura del primer piso, me cruzo con un hombre de aspecto amenazante. El hecho llama profundamente mi atención dado que rara vez entran en casa personas desconocidas. Lo observo extrañada. De pronto me doy cuenta de que puedo reconocerlo: es el hombre que los otros días, en la esquina de casa, zarandeaba a Magnolia por el brazo. Está visiblemente ofuscado y, al pasar junto a mí, me aparta bruscamente con su brazo. Entonces no puedo dejar de notar otra cosa: ¡al hombre le falta la mano derecha! Automáticamente recuerdo al clown orador del sótano de la calle Viamonte.

Cuando paso junto a la pieza de Magnolia, observo por la puerta entreabierta. Magnolia está subida en una silla de algarrobo y esconde en lo alto de su ropero algo envuelto en un pañuelo.

El idioma de los pájaros

Para los festejos del Centenario, nuestro país recibirá una serie de visitas de representaciones diplomáticas, económicas y culturales de países extranjeros. Se han organizado, así mismo, una serie de recepciones de gala, funciones teatrales, desfiles militares, inauguraciones de monumentos, un tedéum en la Catedral e, incluso, una serie de exposiciones internacionales que abarcarán disciplinas como la agricultura, la industria y las bellas artes y que se desarrollarán en distintos puntos de la ciudad. Entre ellas, fulgurará sin dudas por su singular despliegue la Exposición de la Industria, que exhibirá los logros de un país capaz de demostrarle al mundo que, lejos de ser, como algunos creen, una región parasitaria y aletargada habitada por unos cuantos vacunos con su destino trágico ya signado por el matadero, es en cambio un territorio que en poco tiempo sorprenderá al mundo con sus grandes y modernas fábricas.

En los alrededores de la Plaza de Mayo han colocado una serie de guirnaldas de luces resaltando las líneas arquitectónicas de todos los edificios. Cerca de la Casa de Gobierno han armado un lujoso palco desde el cual la Infanta Isabel saludará al pueblo argentino.

Hace cien años, en esa misma plaza, el jefe de los Patricios se asomó al balcón del Cabildo y, dirigiéndose al pueblo de Buenos Aires, le informó que el gobierno español sobre estas tierras había caducado.

Camino hacia la Plaza de Mayo. En la calle conviven los gritos de los vendedores callejeros y de los canillitas con el estrépito de las campanas de los tranvías, las bocinas de los automóviles, los gritos de los carreros.

En una de las esquinas de la plaza, un viejo con una pata de palo hace demostraciones con sus palomas amaestradas. A su alrededor se ha juntado algo de público. Las personas observan el cielo con gestos de asombro.

Me detengo junto a ellas.

Son las palomas del Centenario, las palomas de la libertad. Varias decenas, de cuellos tornasolados, surcan el cielo de un lado hacia el otro y, por momentos, oscurecen parcialmente la luz del sol con sus alas. Algunas llevan tirabuzones de serpentinas celestes y blancas en sus picos. De a ratos, parece como si se quedaran suspendidas en el aire formando figuras caleidoscópicas que se recortan contra un cielo azul intenso.

¡Qué diferencia con los tontos mirlos que, cada mañana, se la pasan picoteando mi azotea!

—Dicen que el viejo habla el lenguaje de los pájaros —comentan unas personas a mi lado.

¿El idioma de los pájaros?

El viejo se dirige a las palomas arengándolas con extraños sonidos guturales.

Las palomas dan varias vueltas en círculos y luego terminan por meterse todas en una jaula de madera pintada de verde que el viejo ha colocado sobre un carro.

Sobre el carro hay también otras jaulas con extraños pájaros azules de exagerados penachos, que emiten sonidos similares a los de una carcajada humana. Otros rosados trinan, en cambio, como campanas.

Las personas a mi lado dicen que el viejo ha traído en su carro a pájaros de los lugares más exóticos de la galaxia: pájaros con picos de cuchara, pájaros con picos de serrucho, pájaros-linterna cuyos cuerpos emiten una extraña luminosidad durante las noches de luna llena, pájaros con colas de velo de novia, con colas de tocado de jefe indio.

Una vez leí que, hasta no hace demasiado tiempo, para divertir a las cortes europeas solían criar especialmente a niños que al crecer se convertirían en "hombres sonajeros" u "hombres gallos". Para que estos "hombres gallos" cantaran al amanecer, de niños les realizaban una complicada operación en la laringe. Esto provocaba que, además de ser incapaces de hablar nuevamente como humanos, se pasaran el resto de su vida chorreando baba.

Una paloma que llevaba un pañuelo rojo en el pico lo ha soltado en el aire y de él ha caído una suave lluvia multicolor de papel picado sobre los espectadores.

De lejos veo a Copelius, el relojero. Está mirando los pájaros en el carro. Quizás esté analizando sus anatomías para conseguir ideas nuevas para sus autómatas de cobre. ¿Quién podría pensar que alguien capaz de hacer algo tan bello pudiera construir una bomba?

Copelius, a su vez, me reconoce y me saluda de lejos con la mano. Lo que me recuerda que hace días que debería haber retirado el reloj de papá.

La perla perdida del Rey de los Colores

Sentada junto a la puerta abierta de mi cuarto, en la azotea, me propongo escribir una página más del Libro del Fin del Mundo. Con rigor ceremonial, tomo mi pluma fuente, desenrosco su capuchón y lo coloco a la derecha del cuaderno San Martín abierto en su segunda hoja. Me inclino sobre la página y... ¡qué contrariedad! Una mariposa de alas amarillas acaba de meterse en el cuarto.

Por una parte, me da pena matarla pero, por la otra, no puedo negar que la presencia del insecto me perturba. En realidad, tengo miedo de que me ataque. Las mariposas son muy hermosas, con sus alas de colores, pero también hay que reconocer que son bastante extrañas. Por empezar, sus extraños orígenes metamórficos de larva a ser alado me impresionan bastante. Me hacen acordar un poco a los dragones que, en realidad, son como orugas sólo que gigantes. Antes de ser orugas gigantes son, como todo el mundo sabe, bichos canasto.

En realidad, hay varias cosas que hacen que las mariposas y los dragones sean semejantes. Al igual que las mariposas, los dragones son frágiles como jarrones chinos de porcelana. Los dragones y las mariposas, además, son inmortales y pueden hacerse invisibles cuando ellos quieren.

Supongo que el hecho de que en este momento haya en mi cuarto una mariposa y no un dragón no es tanto una cuestión de posibilidades como de proporciones. Quiero decir, si entrara ahora mismo en mi cuarto una pequeña oruga no sería nada fuera de lo corriente. En cambio, si entrara una mariposa de tres metros de ancho, la cosa se tornaría verdaderamente grave.

La cuestión es que la pegajosa mariposa no deja de circundarme como un enorme moño inquieto y amarillo.

Puede que a Menguante se le ocurra hacer algo al respecto. En general, suele mostrarse bastante interesado en este tipo de acontecimientos. Lo observo, pero no. No creo que pueda serme útil, al menos, en estos momentos. Está profundamente dormido sobre el almohadón de crochet. Así que no tengo otro remedio que compartir los escasos tres metros cuadrados de mi habitación con el ser alado. Suspiro y comienzo a escribir:

> Los ojos del pequeño Enrique son iguales a los del resto de los niños. Sólo que el pequeño Enrique no puede ver.
> Desde hace meses, camina a ciegas intentando encontrar la perla perdida del Rey de los Colores. Algunos pensarán que Enrique va a extraviarse en los senderos de sus propias tinieblas, pero él no tiene miedo de equivocar su camino. Las Voces lo guían.
> Le han dicho que allá adelante, detrás de las tinieblas, hay una gran ciudad y que en esa ciudad hay un castillo. En ese castillo hay una sala y en esa sala hay una mesa. Sobre esa mesa hay un estuche y, dentro de ese estuche, descansa la perla perdida del Rey, la Perla del Color de la Noche.
> Las Voces le han dicho que sólo un niño que no necesite sus ojos para ver podrá encontrarla. El pequeño Enrique avanza por el camino con paso firme. Sus ojos están oscuros pero su corazón irradia luz.

La memoria es como un cielo en el cual sobresalen los recuerdos como estrellas luminosas

Mientras me peino la larga cabellera roja frente al espejo, recuerdo una canción que papá solía cantarme cuando de niña me alzaba y me ponía sobre sus rodillas: "Qué lindo pelo tienes, ¿quién te lo peinará?, lo peinará la reina con horquillas de oro y peines de cristal". Mi padre me cantaba la canción, pero creo que, al igual que a mamá, a él tampoco le gustaba que mi pelo fuese rojo.

Genghis Khan era pelirrojo. También el pirata Barbarroja y también Enrique VIII. Los otros días, por ejemplo, leí que la posibilidad de que alguien tenga un hijo pelirrojo era del 0,026 por ciento y que, durante la Edad Media, se consideraba que los pelirrojos tenían contacto con el diablo. A veces, los niños en la calle se burlan de mí a causa de mi pelo. Pero yo les digo que los pelirrojos fueron, en realidad, los primeros habitantes de la tierra y que, por ese motivo, están destinados a gobernar a todo el resto de la gente cuyo cabello sea de otros colores.

—Los primeros pelirrojos que vinieron de la luna se paseaban por los desiertos terrestres subidos en los lomos de altos hebdomadarios. Algunos hebdomadarios eran predadores y otros carroñeros, pero todos ellos tenían un porte distinguido y un atractivo pelaje colorado —les dije a los niños los otros días.

Pero Gregorio, que estaba con ellos, me dijo que yo era una mentirosa y que, además, no sabía lo que quería decir hebdomadario.

—Sí que sé: son una especie de dinosaurios.

—Hebdomadario quiere decir que una publicación es semanal.

—¡Mentira!

Los niños comenzaron a tirarme piedras que recogían de la vereda y sólo pude salvarme de que me lastimaran porque de casualidad pasaba por allí Gabino, que avanzaba por la calle portando un pesado paquete entre sus brazos. Venía de buscar unos pigmentos para sus pinturas.

—Las primeras pinturas que hicieron los hombres en las cavernas estaban realizadas con carbón mezclado con saliva, o a veces, también, con grasa de animales —me contó una vez Gabino.

Él siempre se queja de que es imposible conseguir aquí pigmentos de buena calidad. Debe hacérselos traer especialmente de Francia, de un local que queda a pocos metros de la École des Beaux Arts y que pertenece a un hombre llamado Gustave Sennelier. Hace ya unas cuantas semanas, Gabino le había encargado a Sennelier unos pigmentos y aquella mañana había ido a la Aduana a buscar su encomienda. La misma contenía una serie de pigmentos azules: azurita, cobalto, azul de Prusia y ultramarino. Gabino, que caminaba cuidando su paquete como si adentro llevara los huevos de un ave de cristal, vio que los niños me estaban arrojando piedras y comenzó a gritarles que me dejaran tranquila.

Los chicos se retiraron de mala gana.

Estoy convencida de que cada uno de nosotros tiene algo que lo hace especial. Sólo que para algunos eso especial es algo bueno y para otros no. Por ejemplo, el pobre Menguante se caracteriza por tener únicamente tres patas. Es cierto que también tiene unos enormes ojos celestes, tan grandes como los ojos de las estatuas sumerias. Pero a la hora de fijar su principal característica, su "menguantidad", supongo que ésta sigue girando alrededor de sus tres patas. Me acuerdo de que mademoiselle Colombe decía que no importaba nuestra apariencia exterior porque, por dentro, todos éramos hermosos girasoles dorados.

Aquella noche, en la casa, Gabino abrió su paquete: una serie de pequeños y delicados frasquitos de vidrio surgieron a la vista, cada uno de ellos con una diferente tonalidad azul. Gabino se quedó extasiado mirándolos durante horas.

Azul atardecer, azul violeta africana, azul pájaro sombrilla, azul guantes de lana.

Hoy por la tarde por fin me decidí y fui a buscar el reloj de papá a la relojería. Estaba por llegar al local de Copelius cuando vi que de ahí salía un policía. Pocos segundos después, salían dos agentes más llevando a la rastra a don Antonio, el padre de Gregorio, ataviado con su mameluco gris manchado de tinta.

En determinado momento, don Antonio resbaló y cayó sobre la vereda.

Los policías lo hicieron levantar dándole patadas en las piernas.

La época en la que en el cielo aún no había luna

Observo el cielo nocturno desde la azotea. Algo parecido a un cometa blanco se agita cerca de la luna. Me pregunto si será el globo de Eduardo Newbery. Hace un par de años, Newbery se subió a un globo llamado el Pampero. Este globo había sido construido con telas especiales de seda traídas de los Estados Unidos. Se inflaba con helio y se frenaba con un ancla de hierro igual a las anclas que tienen los barcos.

La cuestión es que el globo de Newbery se elevó un día sobre el cielo de Buenos Aires perdiéndose para siempre entre las nubes porteñas.

El Pampero no fue el primer globo que surcó nuestros cielos. Anteriormente otro, empujado por el viento, terminó chocando contra la chimenea de un barco a vapor sobre el río de la Plata. Unos años antes, otro globo fue tripulado por un francés que se cayó de la canasta de mimbre y debió ser llevado de urgencia a un nosocomio, víctima de una conmoción cerebral.

Puede que aquel cometa blanco sea, en realidad, el Pampero, que ha llegado hasta allí arrastrado por el viento cósmico.

Cuando uno mira el cielo por las noches, le parece de lo más natural ver allí arriba a la luna. Sin embargo, hubo una época en que el cielo no tenía luna. Cuando los arcadios habitaban la Tierra, por ejemplo, la luna no existía. Una noche, sin embargo, un cometa pasó demasiado cerca de la Tierra y quedó atrapado por la atracción de la gravedad. El cometa se transformó en un satélite de nuestro planeta y, de esta manera, el cielo obtuvo su luna.

Por medio del estudio de la refracción de los rayos de otros planetas sobre su superficie, se sabe que la luna no posee atmósfera. La falta de atmósfera tiene importantes consecuencias como, por ejemplo, que la noche sigue al día y el día a la noche con la brusquedad de una lámpara que se prende y se apaga. La transición del calor al frío es, a su vez, tan brusca que pasa en un instante de la temperatura del agua hirviendo a la de los fríos espaciales.

Berta y Beltrancito están sentados sobre el piso de la sala jugando a los palitos chinos con los cuchillos de plata de mamá que han sacado de un estuche de terciopelo azul. Supongo que no deberían estar jugando con esos cubiertos porque son muy valiosos y van a terminar todos rayados. Debería avisarle a mamá que los niños están arruinando sus cubiertos de plata pero supongo que, con interrumpir a tía Crucifixión justo ahora que está leyendo sus poemas, no conseguiré más que un reto.

—"Oda al costurero" —anuncia mi tía.

Respira profundamente y comienza a recitar:

Para asistir las labores,
costurero, tú has servido
y has bordado con suspiros
cien pájaros y cien flores.

*Costurero, eres testigo
de pasiones y fervores
de celos y de rencores
de penas y de castigos.*

*En silencio tú has guardado
en tu interior los secretos
de un corazón aún repleto
de amores nunca olvidados.*

Tía Crucifixión ha traído su cuaderno de tapas de tela rosada para leerle a mamá sus últimos poemas y así distraer un poco su tediosa convalecencia.

De hecho, hace ya tres horas que está leyendo una serie de poemas que, según ha manifestado, tiene intención de presentar en los próximos juegos florales organizados por el Municipio de San Fernando.

Yo, por mi parte, considero que los poemas de tía Crucifixión son bastante banales. Cualquiera puede hacer poemas con rima. Yo misma, en este momento, puedo inventar unos cuantos. Por ejemplo, una oda, digamos… a la escalera.

ODA A LA ESCALERA

*Cuarenta escalones suben,
cuarenta escalones bajan,
de la pieza a la cocina,
de la cuna a la mortaja.*

*La escalera de la vida
conduce hasta la terraza
hoy vuelta, mañana ida
¿quién sabe qué nos depara?*

Mientras mi tía lee, mamá mira a través de la ventana de la sala.

Un tero violáceo se ha posado sobre la baranda y mira hacia el interior de la sala con un ojo saltón y amarillento.

—¿Qué te ha parecido mi oda? —interroga mi tía a mamá.

—¿Qué? —pregunta a su vez mamá.

—Algunos poetas hoy en día se han volcado al verso libre. Pero, para mí, eso no es poesía sino mera prosa. ¿Qué tipo de poesía podría ser si ni siquiera tiene rima? ¿No lo crees así, Martirio?

El tero comienza a agitar su espasmódico copete lila lanzando estridentes gritos.

—¿Te has enterado? Los otros días han detenido a un grupo de anarquistas a pocas cuadras de aquí —comenta tía Crucifixión cambiando de tema.

Mamá asiente con la cabeza.

—Me he enterado de que algunos de ellos eran inmigrantes —responde.

—Sí, había, al menos, un catalán y un francés, según me ha comentado Escudero —recuerda tía Crucifixión.

Sonríe y luego agrega:

—¿Sabes lo que me ha dicho Escudero? Se le ha metido en la cabeza que, como Gabino estuvo viviendo en París, debe ser también anarquista. Escudero piensa que cualquiera que pinte de la manera que lo hace Gabino sin dudas lo es. Pero, ¿qué entenderá este hombre de arte? ¡Los otros días, sin ir más lejos, ha confundido a Murillo con Miguel Ángel! ¡Fíjate qué torpeza! —comenta mi tía.

Ambas mujeres lanzan unas agudas risitas cómplices.

—¡Gabino anarquista! Un hombre tan refinado y distinguido como él no podría jamás albergar semejantes ideas diabólicas —concluye mamá.

Escudero, tan serio y grave de carácter como es, vive en un mundo propio en el que todo es blanco o negro. Vive en un mundo que es igual a esas cajas de galletas en donde cada tipo tiene su propio compartimiento.

Como el Dante por los círculos del Infierno, Escudero recorre día tras día su mundo de pecados, barriendo la corrupción y el vicio con sus negros y tupidos bigotes.

Los graznidos del tero se han vuelto realmente insoportables. Ha llegado hasta el vidrio de la ventana y golpea contra él con sus patas largas y rojas.

—¿Pero qué le pasará a este pájaro? ¡Magnolia! —grita mamá, interrumpiendo la conversación de mi tía.

Magnolia aparece por la puerta del zaguán cargando el balde de lejía con el que ha estado limpiando la escalera de la entrada.

—Haga el favor de espantar a ese pájaro. Está haciendo un ruido insoportable. Luego traiga un té para la señora Crucifixión —demanda mamá.

Magnolia asiente en silencio y desaparece rumbo al zaguán. Tras de sí deja un camino de gotas de lejía que chorrean del balde, como Pulgarcito cuando iba dejando un sendero de miguitas en el bosque.

—Pero, ¿por qué molestar a Magnolia que está limpiando la entrada? Deja que Ángela traiga el té. Debería ayudarte más con las tareas de la casa —le reprocha tía Crucifixión.

Mamá está a punto de responder, pero Menguante da un salto y se sube a su tobillo.

Mamá lanza un grito de dolor.

—Ángela, por favor, llévate de acá a este felino, ¿no ves que los animales en las casas son una fuente de enfermedades? —me reprende.

Berta y Beltrancito han comenzado a pelearse.

—¡Ya vas a ver! Le voy a decir a papá que te meta presa junto con los anarquistas —grita Beltrancito mientras su hermana lo amenaza blandiendo uno de los cuchillos de plata frente a su rostro.

Recién entonces, mamá y tía Crucifixión se percatan de que los niños están jugando con los cuchillos.

—¡Pero qué insensata eres, Ángela! ¿Cómo permites que los niños jueguen con los cuchillos?

Tía Crucifixión está realmente enojada.

Para aliviar la tensión en el aire, mamá sugiere que me vaya a la azotea y que lleve a los niños conmigo.

Subo la escalera pero, en lugar de llevar a los niños a la azotea, me escurro con ellos dentro del cuarto de mamá, en el primer piso.

La habitación está en semipenumbra y, ni bien entramos, nos invade un penetrante olor a lavanda. El cuarto de mamá siempre huele a lavanda, al igual que su ropa.

Una amplia cama matrimonial de nogal cruza la habitación, cubierta con un cubrecama de raso. Contra la pared, junto a la ventana, hay un enorme ropero de nogal adornado con un gran espejo ovalado.

—¿Saben? Todas las noches, cuando el resto de las personas duermen, mi gato y yo viajamos a la luna.

—Nadie puede viajar a la luna. Está demasiado lejos —me contesta Berta.

—Yo sí. Y Menguante también.

—¡Mentira! —dice Beltrancito y me dedica un provocador gesto con su boca carente de incisivos superiores.

—¡Verdad!

—¡Mentira! —dicen ahora los dos niños a coro.

Observo sus reflejos deformados contra el imperfecto espejo oval.

—Si no me creen, dentro mismo de este ropero hay un pasillo muy largo que llega hasta mi habitación en el palacio lunar —les indico, entreabriendo sugestivamente una de las puertas.

Berta y Beltrancito me miran incrédulos. Sin embargo, su curiosidad puede más y ambos se meten dentro del ropero. Ni bien veo que están adentro, aprovecho para cerrar la puerta con llave.

Luego, me olvido de los niños y me dirijo a mi cuarto, y comienzo a escribir en mi cuaderno:

> En el pueblo, todos saben que no deben aproximarse al bosque. En especial cuando el sol baja y las largas sombras comienzan a enredarse con las ramas de los árboles: es la hora que el hombre-abedul prefiere para atacar a sus víctimas.
> El hombre-abedul es mitad humano y mitad árbol. Cuando nació, su madre vio que, en lugar de piel, el niño tenía corteza; en lugar de cabello, tenía una mata de verde follaje. Su madre lo abandonó en el bosque.
> El hombre-abedul no creció solo. Junto con él, un gran resentimiento creció en su alma.
> Al cumplir los trece años de edad, se cobró su primera víctima: un pequeño de piel rosada que correteaba por la orilla del bosque. Desde entonces, no pasa un solo día sin devorar una nueva víctima.
> Y estas cosas las sé muy bien, demasiado bien, porque el hombre-abedul soy yo.

Una hora más tarde, la puerta de mi cuarto se abre y entra mi tía Crucifixión hecha una furia, pidiéndome a los gritos la llave del ropero.

—Creí que no ibas a hacer más esta clase de cosas —me reprocha mamá, decepcionada, cuando mi tía y los niños ya se han retirado.

Me despierto sobresaltada en medio de la noche. Mi cuarto está en sombras.

Acabo de tener una horrible pesadilla. Soñé con un terrible incendio.

Cuando yo era muy chica, un pavoroso incendio destruyó la estación de trenes que estaba ubicada en el Paseo de Julio y la calle de la Piedad. La estación era una construcción de madera prefabricada con estructura de metal y aleros de chapa cubriendo sus andenes. Originariamente, había sido diseñada para la ciudad de Madrás, en la India, pero luego, por alguna razón, decidieron mandarla para Buenos Aires.

Cada quince minutos arribaba un nuevo tren lleno de pasajeros que comenzaban a pulular por los alrededores de la estación con sus bultos y mercaderías, procurando alguno de los carros que permanecían estacionados a los costados de las vías o, quizás, algún tranvía a caballo.

La cuestión es que un atardecer en una de las boleterías se inició un pequeño fuego, que pronto devino un gran incendio que se extendió por toda la construcción de madera.

En mi sueño, las llamas se elevaban hasta el cielo como apocalípticas lenguas doradas. Pero lo que verdaderamente me asustó fue que, cruzando la pared de fuego, podía ver a mi padre con el cuerpo envuelto en llamas y su gorra de capitán sobre la cabeza. Extendiendo su brazo hacia mí me decía:

—¡El agua! ¡Debo llegar hasta el agua!

Delfina y Narda

Esta tarde, como todas las tardes, el doctor Gorman ha venido a casa para realizar la habitual visita a mi madre. Como todas las tardes, le revisa el tobillo, luego se sienta a su lado y ambos conversan hasta la caída del sol. Cuando ya es prácticamente de noche, Gorman parte para su casa de Flores.

Hoy, como muchas de estas tardes, Gorman y mamá se han quedado mirando antiguos álbumes de fotografías familiares.

Pero esta vez, poco antes de que Gorman se fuera, me han mandado llamar a la sala.

Permanezco de pie frente a ellos tratando de adivinar qué es lo que tienen para decirme. Sus rostros están contraídos de ira. Ambos me miran con total desaprobación.

—Hoy el doctor Gorman se ha encontrado en la calle con don Fermín, el farmacéutico —comienza a decir mamá, intentando contener sus nervios.

—¿Nos quieres explicar qué es eso de que tu padre es un explorador de la Antártida? —prosigue Gorman con voz de trueno.

—¿Y cómo es eso de que partirás en una expedición polar? —replica mi madre al borde de las lágrimas.

Ambos se embarcan en una interminable perorata acerca de los peligros que acarrean las mentiras y acerca de las niñas que no siguen los preceptos morales básicos.

—Es que siempre la has tratado con mano demasiado blanda. Y ahora, ¡aquí tienes las consecuencias! —Gorman le reprocha a mamá señalándome como si yo fuera un objeto de muestra.

—¡Pero Pamino, criar a una hija sin padre no es tarea fácil! —gimotea mamá intentando excusarse.

—Esperemos que la mudanza a Flores la haga cambiar. Allí no te permitiremos más pavadas, ¿has entendido? Es mejor que lo sepas desde ahora —me advierte Gorman.

Gorman se pasa una mano por el cuero cabelludo, seguramente un arcaico gesto residual de cuando aún tenía cabello. Comenta que, en Flores, viven Delfina y Narda, sus ahijadas, dos niñas modelo de virtud que asisten al Liceo de señoritas "Joaquín B. Pedraza de Quintana".

—Ellas serán una buena influencia para ti. Te anotaremos en el Liceo y yo mismo arreglaré las cosas como para que seas su compañera de aula.

Me pregunto qué pasaría si en este momento se abriera el piso de la sala. Abajo debe estar, sin duda, la tierra. Pero, ¿si se abriera la tierra bajo el piso? Habría agua. Y si el agua se abriera también como el mar Rojo cuando fue cruzado por Moisés, ¿qué habría después? La China. Pero si incluso se abriera el territorio chino con sus torres y murallas, con sus arrozales y sombreros cónicos, con sus pagodas y sus funcionarios de larga coleta y uñas que jamás han sido cortadas, ¿qué pasaría entonces, si se abriera el piso de la sala bajo el sofá en donde están sentados mamá y el doctor Gorman? El sofá caería y atravesaría el centro de la Tierra, atravesaría la Muralla China y sería lanzado al espacio, y quedaría flotando a la deriva hasta el fin de los tiempos.

Cierro los ojos e intento concentrar toda mi energía en lograr que el piso se abra. Hago tanta fuerza que siento las venas de mis sienes a punto de reventar.

Con la esperanza de que la tierra se los haya ya tragado para siempre, abro nuevamente los ojos.
Pero mamá y Gorman todavía están ahí, observándome.

Por la mañana temprano bajo a la cocina a tomar mi desayuno. Estuve toda la noche cavilando acerca de un artículo que leí los otros días en una revista que extraje del kiosco mientras los canillitas jugaban al salto en rango en la vereda, y que trataba acerca de un extraño fenómeno conocido como glosolalia y que consiste en que determinadas personas de pronto se vuelven capaces de hablar en lenguas hasta ese momento desconocidas para ellos. El fenómeno podía rastrearse hasta el cristianismo primitivo, ya que se guardan registros de gente que, de imprevisto, comenzaba a hablar en idiomas incluso inexistentes. Esta práctica fue aparentemente común entre los mismos apóstoles, que explicaban este milagro de dicción a partir de la existencia de un espíritu divino quien era, en realidad, el que se estaba expresando a través de ellos.

Supongo que, como contrapartida, también se podrían consignar momentos en los que, aun hablando el mismo idioma que todos, uno no logra ser comprendido por nadie.

Mamá está sentada a la mesa y lee el diario de la mañana. Ya puede desplazarse, si lo hace con cuidado y si se ayuda con un bastón que le ha traído el doctor Gorman y que tiene una cabeza de pato de plata cincelada.

En la portada del diario han reproducido una imagen de la Infanta Isabel con su rubicunda cara de torta de cumpleaños.

Me sirvo café en una taza de loza. También me sirvo en un plato un par de tortas fritas que Magnolia cocinó temprano por la mañana.

Me siento a la mesa.

Mamá lee el diario en voz alta. Siempre que lee, mamá lee en voz alta. Tiene la costumbre de hacer partícipe de su lectura a cualquiera que tenga la desgracia de hallarse cerca.

"Faltan sólo tres días para la llegada de la Infanta Isabel. Doña Isabel de Borbón llegará a Buenos Aires el 18 de mayo a las catorce horas, a bordo del buque 'Alfonso XII'. Ese mismo día, se oficiará un tedéum en la Catedral y luego habrá una cena de gala en su honor en la misma residencia en la que permanecerá hospedada durante su estadía en Buenos Aires: el Palacio D'Orsay."

¿El Palacio D'Orsay? Muerdo una de las tortas fritas con tanta fuerza que todo el azúcar sale disparado y mi falda queda bañada por una fina lluvia de cristalitos blancos. ¿No era el nombre del edificio cuyo plano estaba desplegado en la mesa del sótano en la calle Viamonte? ¿El 18 de mayo por la noche? ¡El momento elegido para realizar el atentado! ¿La cabecera de la mesa? ¡La agasajada será la Infanta! De pronto, toda la escena se revive en mi memoria. Prácticamente la había olvidado. Incluso llegué a pensar que yo misma había inventado toda la historia. ¡Y ahora, atando cabos, descubro que se trata nada menos que de un atentado contra la misma Infanta de España!

—El Palacio D'Orsay, el Palacio D'Orsay... —repite mamá haciéndose eco de sus propias palabras.

Luego de unos segundos, agrega:

—¿No es allí donde trabaja el padre de Magnolia?

SI EL BUEY RETROCEDE, CAERÁ EN EL POZO; SI AVANZA, SERÁ DECAPITADO

Días atrás, la tía Enriqueta, la que vive en España, le escribió una carta a tía Crucifixión. En ella le decía que habían estado comentando, en una reunión familiar, lo valientes que éramos nosotros al haber decidido vivir en un lugar tan alejado del mundo, al cual se llega luego de cruzar interminables y desconocidos océanos y de arribar a playas hostiles e incultas planicies en las que primaban los reptiles, las fieras y la hirsuta barbarie. También decía que en sus oraciones siempre nos tenía presentes y rogaba a Dios que pudiéramos sobrevivir a semejante cruzada.

En la carta también mencionaba que la prima Encarnación ha tenido un niño y ¿a que no saben qué? ¡El niño había nacido con un espantoso pelo color rojo! ¿De dónde habrá sacado así el pelo este niño?, se preguntaba la tía Enriqueta.

Entonces me di cuenta de que sin duda ella no sabía que mi pelo también era rojo. Mamá no se lo debe haber comentado nunca en sus cartas. Es más, debe haber hecho todo lo posible para ocultárselo.

Ayer, aprovechando que mamá descansaba en la sala, me acerqué a ella y traté de volver a explicarle que un grupo de personas intentaba atentar contra la Infanta el mismo día de su arribo a Buenos Aires. Pero ella se puso como loca y amenazó con pedirle a Gorman que me diera unas pastillas para que yo dejara de decir pavadas. Puede que, después de todo, mamá tenga razón y que yo me haya equivocado y que en realidad los hombres estuvieran hablando de alguna otra cosa.

Don Pedro de Mendoza era dueño de unas capitulaciones que lo autorizaban a conquistar tierras desde el río de la Plata hasta unas doscientas leguas en el rumbo del mar del Sur. Sus sueños de ambición, riqueza y poderío se vieron, sin embargo, nublados por la enfermedad ya que, al llegar a estas tierras, la sífilis se encontraba lo suficientemente avanzada como para que su cuerpo estuviera todo cubierto de llagas. A don Pedro le habían dicho que los indios pampas poseían un ungüento mágico, realizado a base de hierbas que crecían al ser bañadas con rayos de luna. Dicho ungüento podía sanar sus dolencias. Así fue como se dirigió una tarde a las tiendas de cuero de los pampas.

—Necesito un ungüento para mis llagas —demandó don Pedro de Mendoza que, a esas alturas, ya casi ni podía desplazarse por sí mismo.

El cacique Catriel, considerado por su pueblo un hombre sabio, le contestó con un antiguo proverbio pampa:

—Si el buey retrocede, caerá en el pozo; si el buey avanza, será decapitado.

A sus palabras siguió una profusa lluvia de flechas de fuego.

Es de noche. Mi habitación está iluminada por el oscilar de la llama de una vela que arroja trémulas sombras sobre las paredes de chapa. Las alfombras y los almohadones se pliegan y repliegan en infinitos espirales y arabescos rojizos.

Por más que han instalado una bombita eléctrica en el techo de la pieza, jamás la enciendo. Su descarnada luz se me antoja sumamente violenta. En cambio, me he traído una provisión de velas para iluminarme por las noches. La luz de la vela posee un particular encanto. Me he dado cuenta, por ejemplo, de que, si bien el color negro a la luz de una lámpara parece simplemente negro, a la luz de la vela existen infinitos matices de negro: negros azulados, negros rojizos, negros amarillentos, negros verdosos.

Escribo en mi cuaderno iluminada únicamente por una débil llama:

En el sótano de mi casa hay un laboratorio
donde trabajo día y noche para olvidarte.
Entre probetas y tubos de ensayo,
inventaré un espejo donde tu rostro no pueda reflejarse,
inventaré un mapa en el que no estés,
inventaré una memoria que de ti no se acuerde.
Por lo pronto, ya inventé un pañuelo
que me permite llorar durante más rato
y llorar más fuerte.

Cuando cierro mi cuaderno, hago un movimiento torpe y vuelco sin querer mi candelabro improvisado en un platito de café de porcelana de Limoges. La vela automáticamente se apaga y quedo a oscuras. Intuyo, al reflejo de la luz de la luna que penetra por la ventana, la forma de una mancha de cebo que se extiende sobre la alfombra y que va armando una enorme flor blanca cuyos pétalos comienzan a solidificarse.

Aplastados por el Divino Brazo Celeste

En Buenos Aires, el agua que se toma en las casas viene por unas largas cañerías que se extienden a través de la ciudad. Pero, en muchos de sus trayectos, están percudidas por el óxido de cobre y este tipo de óxido tiene extraños efectos sobre los seres humanos. Ésta es una de las razones por las cuales la gente, en Buenos Aires, siempre está tan nerviosa e incluso, a veces, sufre alucinaciones.

Avanzo bajo las arcadas de la Recova. Siguiendo los consejos de mi tía Crucifixión, mamá me ha mandado a comprar un kilo de merluza.

Ayer Gabino recibió el telegrama de Vollard, el famoso marchand parisino. En el telegrama, Vollard declaraba estar dispuesto a enviarle un pasaje a Gabino con el fin de que realice una muestra, nada menos que en su galería de la rue Lafitte. El pasaje lo enviará a fin de este mismo mes por intermedio de la compañía de navegación Chargeurs Reunies. Gabino está feliz. Por fin podrá volver al centro del mundo y por fin el mundo podrá ver sus cuadros. Incluso prometió que, una vez que se instale en París, me mandará una carta para contarme los pormenores de su muestra. Me ha asegurado que mi cuadro tendrá un lugar especial en el montaje.

En la calle, una anciana vestida con un poncho norteño vende unos dijes realizados en rodocrosita. Junto a una canasta llena de dijes, un letrero escrito a mano reza:

AMULETOS PARA SOBREVIVIR AL COMETA HALLEY

La anciana se cuelga de los brazos de los transeúntes intentando detenerlos:
—¡Deténganse, pecadores! ¡La hora ha llegado! Dentro de sólo tres días, vuestras almas serán por fin aplastadas por el Divino Brazo Celeste. Ha llegado la hora de expiar culpas y de sufrir penitencias. ¿O acaso pensábais que vuestros pecados escaparían al ojo de Dios?

Cuando paso a su lado, la mujer intenta colgarse de mi brazo pero me mira mejor y cambia de parecer.
—¡Atrás, alma de Satán! —exclama, señalando mi pelo rojo con su dedo índice tieso como una flecha.

Acelero el paso y finalmente arribo a mi cruel destino: la pescadería.

El local parece verdaderamente el reino de los océanos muertos. Las paredes están recubiertas por blancos y asépticos azulejos al igual que un grueso mostrador que, como una mesa de disección, cruza en dos el local y sobre el que se exhiben docenas de bagres, abadejos y sardinas que me observan con ojos vacíos y plateados y largas caras desangeladas. En amplias bateas, a los costados de la habitación, yacen apiladas centenas de anchoas, moluscos, mariscos, pinzas, caparazones, escamas y branquias sobre mullidos colchones de hielo.

En un rincón, hay una bandeja de metal repleta de caracoles vivos. Una hilera de húmedos caracoles sale de la bandeja, asciende por la pared, alcanza el techo del local, lo cruza, luego desciende por la pared de mosaicos del frente y se evade por una ventana que da a la calle. Sin duda ignoran que el camino hacia la libertad tiene como caldero de oro, al otro lado del arco iris, el refulgente sol de la mañana, que seguramente terminará desintegrando por completo sus viscosos cuerpos.

Detrás del mostrador, algún incipiente artista ha pintado un cuadro que representa al volcán Vesubio en plena erupción. Ante él, el mar Tirreno. En el mar, dentro de una precaria barca, un grupo de pescadores lucha con un monstruo marino que intenta devorarlos. Sin duda, el monstruo representa el fantasma de la culpa de los pescadores por destruir tantas vidas acuáticas. Una vez leí en una revista que algunos monjes budistas pensaban que era mucho más grave, por ejemplo, matar cinco mosquitos que una vaca. O que matar nueve anchoas era peor que matar a un hombre porque cada cuerpo del universo tenía en su interior un alma igualmente valiosa.

El pescadero ha abierto en dos a un pescado y le está sacando las vísceras con un enorme cuchillo ensangrentado. El pescadero es calvo. Incluso más calvo que el doctor Gorman. Me pregunto por qué algunos hombres se quedarán calvos. Mamá dice que es porque usan sombrero y el sombrero no deja que su cuero cabelludo respire. Los cabellos se envenenan como si fueran plantas dentro de un invernadero en el cual no entra el aire. Los sombreros en ocasiones son muy apretados y comprimen los vasos sanguíneos de la cabeza, lo que puede provocar derrames cerebrales, o incluso hasta la insania ya que el cerebro muere de inanición cuando se impide que la sangre, su natural alimento, ascienda hasta él. El uso de sombrero explica por qué hay tantos calvos en los países civilizados y, en cambio, los indígenas tienen el pelo tan tupido y frondoso.

—Mi mamá me manda por un kilogramo de merluza —le informo al pescadero calvo.

Pero él no alcanza a escucharme porque mis palabras son tapadas por un tremendo griterío que proviene de la calle.

Me asomo a la puerta del local.

En la calle, veo a un grupo de personas que ha encendido una fogata en una esquina. Observo la fogata y me doy cuenta de que se trata, en realidad, de una hoguera de libros.

Junto a mí, veo pasar gente corriendo. Cada tanto, alguna de estas personas se vuelve para arrojar piedras hacia el grupo reunido en la esquina.

Por el empedrado avanza ahora la policía montada.

La situación se torna sumamente confusa. Veo pasar cuerpos sudorosos, algunos de ellos, incluso, lastimados. Escucho gritos de dolor y también gritos de pánico. La policía ha comenzado a disparar sobre la gente que huye. Algunos caen y otros tropiezan con los cuerpos de sus compañeros tendidos en el suelo.

Intento salir de la pescadería para volver pronto a mi casa. A mi lado pasa alguien sosteniéndose un trapo sobre el ojo cubierto de sangre. Alguien que pasa corriendo me empuja. Caigo. Tendida en el empedrado me doy cuenta de que hay alguien más caído a mi lado. Lo observo. Me temo que se trata de un cuerpo sin vida. Le han abierto el cuello con una navaja y hay alrededor de su cabeza un espeso y pegajoso charco de sangre. Sus ojos miran al cielo sin verlo.

Reconozco su rostro: es Copelius, el relojero.

En el bolsillo superior de su saco, alguien ha colocado una pluma de ñandú.

El monumento al galope eternamente congelado

　　El cuerpito de Menguante apareció esta tarde tirado entre unos arbustos, en el descampado que hay frente a mi casa, cruzando el Paseo de Julio. Los chicos que venden diarios me dijeron que lo pisó un tranvía eléctrico. Parece que iba corriendo detrás de una rata.
　　El sol empieza a caer sobre la ciudad. Pequeñas lucecitas amarillas comienzan a prenderse aquí y allá contra un cielo color lila.
　　Mirko me ayuda a cavar un hoyo en la tierra, bajo una palmera cercana al monumento de Giuseppe Mazzini.
　　Hasta aquí llega el campanilleo de los tranvías y, cada tanto, el lejano bocinazo de algún coche. El viento arremolina las rojizas hojas secas del otoño. Desde la rama vecina de un paraíso, un tero me observa con sus pequeños y nerviosos ojos rojos.
　　—Teru, teru —lanza su estridente grito.
　　Mirko y yo colocamos el cuerpo roto de Menguante en el hoyo. Luego lo cubrimos con tierra. Sobre el pequeño montículo, colocamos un ramillete de manzanillas que hemos juntado por los alrededores.
　　Pobre Menguante. Sin duda irá ahora a habitar el templo

del Buda sin cabeza junto con el resto de las mascotas sagradas. Por fin podrá reunirse allí con su cuarta pata.

Recuerdo lo que decía mademoiselle Colombe acerca de las reencarnaciones. ¡Ya verás! Volveremos a vernos algún día. Te lo prometo, dulce Menguante.

A la mañana siguiente, salgo a caminar a pleno sol con un vestido negro. Lo encontré revolviendo dentro del ropero de mamá. Es uno de los vestidos que ella usaba cuando recién se quedó viuda. Claro que, en ese entonces, era mucho más flaca de lo que es ahora. El vestido es largo hasta el piso, de seda opaca y con estrechas mangas decoradas con alforzas.

Cuando mamá me vio bajar a la sala con ese vestido puso el grito en el cielo:

—¡Pero qué haces con ese viejo vestido! ¡Las niñas de tu edad no visten de luto!

Pero yo hice oídos sordos a sus comentarios.

Camino por la Recova hacia el lado del Retiro. Paso junto a un enorme cartel de té Lipton. Me percato de que cerca de la estación del ferrocarril han inaugurado otro monumento para conmemorar el Centenario de la Revolución de Mayo.

Se trata en este caso del monumento ecuestre del general Pintos, uno de los héroes de nuestra gesta patria. Sobre una plataforma circular, de granito rosa lustrado, sobresale una magnífica escultura de bronce: la figura severa y arrogante del jinete domina el corcoveo de un alazán crispado en un galope que el metal ha congelado eternamente. Las inmutables crines de la bestia ondean en barrocos repliegues. El general Pintos sostiene las riendas del alazán con una mano mientras que, con la otra, alza su tricornio napoleónico en señal de triunfo.

Sin embargo, parece haber algo raro con las proporciones de la estatua. Es como si prócer y caballo hubieran sido esculpidos por diferentes personas. El General es a todas luces demasiado grande para el alazán. Enfundado en un pesado uniforme sobrecargado de charreteras y medallas, parece como si Pintos estuviese a punto de quebrar en dos el lomo del pobre equino.

Cuando los españoles invadieron América, los indios, que nunca habían visto caballos, pensaron que se trataba de monstruos, que el caballo y su jinete eran parte del mismo organismo. Para ellos, los españoles eran una especie de apocalípticos centauros.

A los caballos que trajo don Pedro de Mendoza a Buenos Aires, por ejemplo, los indios los cazaban con sus boleadoras y pronto aprendieron a montarlos y a cruzar con ellos los vastos y desiertos campos. Estos equinos se adaptaron tan bien a nuestras pampas que hoy es difícil pensar que no hubieran estado aquí desde el comienzo de los tiempos.

El emperador de las Islas Verdes

Es 18 de mayo y estamos todos —mamá, el doctor Gorman, tía Crucifixión, Escudero, Berta, Beltrancito y yo— desde muy temprano en la Plaza de Mayo, esperando que pase el carruaje de la Infanta, que acaba de arribar a Buenos Aires.

Mamá se ha puesto el vestido color damasco con el gran cuello de encaje. Sobre su cabeza lleva el enorme sombrero adornado con pájaros de rafia que se ha comprado especialmente para la ocasión. Ya puede caminar e, incluso, salir a la calle si no se aparta demasiado de la casa. Sin embargo, aún debe usar el bastón porque todavía le es muy doloroso apoyar todo el peso de su obeso cuerpo sobre el tobillo esguinzado.

A pesar de los reproches de mamá, yo he insistido, en cambio, en asistir a los festejos con el vestido negro. Además, me he negado rotundamente a ponerme ninguna clase de sombrero, por lo cual mi trenza roja brilla al sol como un surco de lava en plena erupción.

Los habitantes de Buenos Aires han salido de sus casas y se han convocado en la Plaza de Mayo. Criollos e inmigrantes, italianos y polacos, ricos y pobres se han reunido todos en este día memorable.

El cielo porteño es sobrevolado por decenas de palomas que llevan en sus picos globos y serpentinas. Los niños, a su vez, remontan cometas de papeles de colores que imitan barcos o pájaros y que se agitan con la suave brisa del otoño.

—¡Mira! ¡Allí está Gabino! —susurra tía Crucifixión codeando a mamá con insistencia.

Entremedio de un grupo de monjas catalinas grises y blancas, veo a Gabino que, ataviado con una desabrochada corbata de seda con pintas granate, unos llamativos calcetines a rayas y un gran sombrero blanco semejante a un hongo, avanza dándole ansiosos mordiscos al barquillo que, seguramente, le ha comprado a alguno de los tantos vendedores ambulantes que circulan entre el público.

—¿Te has enterado? Gabino se vuelve a París —comenta mamá.

Tía Crucifixión abre unos ojos desmesurados.

—¿De verdad? ¿A París? —exclama fascinada.

La Infanta ha llegado esta mañana en el navío "Alfonso XII". Una enorme y entusiasta multitud se ha reunido en el puerto para recibirla. La fragata "Sarmiento", que estaba anclada allí, ha dado un magnífico espectáculo: la tripulación se ha subido a los mástiles con los uniformes de gala y, entre todos, han enarbolado un pabellón de Castilla completamente bordado en oro.

¡Ya puedo verla! ¡Acá viene! La Infanta está sentada en el carruaje presidencial de cuatro caballos junto al presidente de la Nación, el doctor Figueroa Alcorta. Ambos saludan al público agitando sus manos. La gente vitorea ruidosamente y, cada tanto, rompe los cordones policiales intentando acercarse al carruaje. Encaramados a techos, árboles y balcones, todos saludan el paso de la hermana del Rey de España agitando en el aire sombreros, pañuelos, sombrillas y carteles: ¡Viva España!

Ahora veo a la Infanta entre los sombreros y las boinas de las personas que tengo delante: una enorme señora de triple papada y gesto burlón que saluda a nuestro pueblo sonriendo a diestra y siniestra con su mano enguantada en alto. Así tocada, con una ostentosa tiara plateada reluciendo al sol sobre su cabeza y con un ajustado traje de satén color esmeralda que enfunda su voluminoso cuerpo, me hace acordar a la imagen que una vez vi, en un libro sobre la realeza que doña Sagrario conservaba en la repisa de su sala, del rey Kabul I de Bululabasia, emperador de las Islas Verdes.

Cuando cae el sol, volvemos a casa en una victoria de alquiler luego de dejar a la tía Crucifixión y a los niños en la suya. Escudero se quedará esta noche de guardia en la comisaría, debido al importante despliegue de seguridad que se está llevando a cabo con motivo de la visita de la Infanta.

La victoria es conducida por un chofer de sombrero achaparrado, extraño personaje que no deja de salivar hacia los costados y de blasfemar continuamente contra todos los reyes y contra todos los santos.

Pasamos junto al impresionante sol de bombitas eléctricas construido sobre la Casa de Gobierno, un semicírculo de luz del cual sobresale una profusión de rayos. Las calles están decoradas con guirnaldas de luces que cuelgan de lado a lado. Hoy todo parece ser alegría y distensión en la ciudad. En las esquinas se han organizado comidas y bailes.

El sol de la tarde, al caer, se pierde tras los edificios como un enorme pomelo rosado. El cielo está cruzado por extrañas nubes anaranjadas y fosforescentes que enfatizan la hermosura del trazado de las construcciones urbanas.

Flotando entre burbujas azules

▬

Mamá se fue a dar un baño, agotada tras un día de festejos y emociones. Estará sin dudas sumergida en la bañera enlozada, con esas extrañas patas que simulan ser las garras de algún animal fantástico. Estará flotando entre burbujas de espuma azules y brillantes, sus ojos cerrados, su mente lejos, muy lejos. Ajena por completo a las miserias de este mundo, estará recordando las apasionantes escenas de esta tarde. ¡Qué día maravilloso! La Infanta estaba realmente radiante vestida con ese traje verde jade. ¡Qué distinción! ¡Qué porte! ¡Qué emoción poder haber visto a la Infanta! Definitivamente, mamá recordaría este día hasta el mismo momento de su muerte.

Agotada por las emociones de hoy, puede que, incluso, se quede parcialmente dormida en su baño de inmersión y sueñe. Soñará, entonces, con una sonriente y obesa Infanta que agita sus brazos de satén verde en el aire, majestuosa como una real diosa Kali. Soñará quizá también que la bañera es un enlozado carruaje en el que ella y la Infanta se pasean por una Buenos Aires flameante de banderas rojas y amarillas, celestes y blancas.

Yo, por mi parte, esta tarde me he aburrido como un hongo. Aplastada y pisoteada por docenas de fervorosos compatriotas, he debido permanecer durante varias horas parada, esperando para ver a una señora que, de todas maneras, ya había visto reiteradamente en la portada de los diarios.

Presta para ir a dormir, me he quitado el vestido negro y las apretadas botas acordonadas, he soltado mi trenza roja y me he puesto mi piyama rayado. En busca de un vaso de leche, desciendo las escaleras y me encuentro, de pronto, junto a la puerta abierta del cuarto de Magnolia. Observo hacia el interior. La pieza está vacía. Me pregunto si ella estará en la casa. Aparentemente no lo está. Claro, lo había olvidado. El jueves es su día libre. Recuerdo que, días atrás, ella había dejado un paquete sobre su ropero, ¿qué contendría? Mi curiosidad puede más que mis reparos. Subrepticiamente, entro en su pieza.

A simple vista se puede ver que Magnolia no es una chica muy ordenada. El piso de la habitación está cubierto de ropa tirada y por todos lados reina el más completo desorden.

Acerco una silla al costado del ropero y me encaramo a ella. En puntas de pie, tanteo la superficie que, al ser tan alta, permanece lejos de mi ángulo de visión.

De pronto, mis dedos tocan algo, ¿una tela? Agarro una punta y tiro. Pronto un paquete envuelto dentro de un pañuelo rojo aparece frente a mi vista. Lo tomo con las dos manos y desciendo con cuidado de la silla. Coloco el paquete sobre la cama y lo abro.

¡Adentro está nada menos que el plano del Palacio D'Orsay, el mismo que aquella tarde examinaban los conspiradores en el sótano de la calle Viamonte!

Con el plano en mis manos, bajo la escalera corriendo e ingreso en la sala. Observo el reloj sobre el aparador. Son exactamente las ocho de la noche y, aunque me quedo observándolo, el reloj continúa con sus agujas fijas eternamente en las ocho. Me pregunto si se habrá roto el reloj justo en este preciso momento o si, por el contrario, se habrá detenido el tiempo en el universo. ¿Qué hacer?

Aprovecho que mamá sigue abstraída tomando su baño y, tratando de hacer el menor ruido posible, me echo sobre los hombros la manta escocesa que encuentro sobre el sofá de la sala, tomo el llavero de la mesita de la correspondencia, doy vuelta a la cerradura y me escurro fuera de la casa. Si mamá llegara a enterarse de que estoy saliendo de casa a estas horas, seguro que armaría un terrible escándalo.

Comentarios reales

La fría humedad nocturna de la calle me golpea en la cara. La ciudad está cubierta por una densa y penetrante neblina. Tras el translúcido velo de niebla centellean, sin embargo, las decenas de guirnaldas y bombitas polícromas de los cosmoramas y los burdeles. Las turbias luces arrojan coloridas sombras chinescas sobre las paredes grises y descascaradas. De todos los rincones parecen surgir músicas superpuestas, balidos de cornetas, gritos, risas y silbidos.

Sin saber muy bien si estoy en la dirección correcta comienzo a caminar hacia el Retiro. La visibilidad es tan mala debido a la neblina que al llegar a la esquina de Viamonte estoy a punto de tropezarme con una criolla en quimono que fuma un grueso cigarro de hoja tucumano. ¿Qué tiene puesto en la cabeza? Parece un gorro de marinero. Aprieto el paso junto a las puertas de los *dancings* mal iluminados dentro de los cuales se percibe un caótico amontonamiento de cuerpos. Al pasar frente a uno de los locales, denominado "El farol rojo", el portero intenta detenerme pero de pronto cambia de parecer y comienza a reírse a las carcajadas, ¿acaso se estará riendo de mi piyama?

Del resto del trayecto prácticamente no recuerdo nada, salvo el hecho de haber pasado, a la altura de la Plaza San Martín, junto a unos palacios cuyos majestuosos contornos se perfilaban entre una bruma oscura y pegajosa. Camino a toda prisa por las nocturnas calles de la ciudad con una misión: nada menos que la de salvar la vida de la Infanta de España.

Veinte minutos más tarde, me encuentro frente a una impenetrable reja de hierro que me separa del maravilloso mundo que bulle en el interior del Palacio d'Orsay, esplendoroso como una catarata de joyas y cristales. La reja es tan alta e imponente que, tal como la veo, parece llegar hasta el cielo.

Sin saber muy bien qué hacer, comienzo a recorrer el perímetro de la reja. Al llegar a una de las esquinas, observo que una pequeña puerta de servicio permanece abierta. Me introduzco por ella e ingreso a un inmenso parque en el que crecen las más exquisitas y exóticas plantas: anthuriums, aves del paraíso, heliconias y una serie de flores cuyos nombres desconozco pero cuyas extrañas formas cobran, al ser iluminadas por las bujías de los faroles, un aspecto de lo más fantasmagórico. Parece como si, de alguna manera, en lugar de plantas, el césped estuviera cubierto por extraños insectos carnosos y gigantes.

Introduciéndome un poco más en el terreno, observo, escondida detrás de una rosa china, que a los costados de la casa los jardines han sido decorados con una serie de glorietas y pérgolas construidas para la ocasión y decoradas con orquídeas, lilas y pasionarias. Un inmenso invernadero, que semeja ser, en sí mismo, otro palacio de cristal y luces, se yergue hacia la izquierda del edificio principal, iluminando el parque.

¿Cómo hacer para ingresar al palacio? Aunque he perdido mayormente la noción del tiempo, imagino, sin embargo, que no debe de faltar mucho para el momento en que se ha planeado el fatídico atentado.

Me acerco al edificio principal, camuflada entre las ramas de los ombúes. Puedo ver que en el interior los invitados ascienden por una magnífica escalera de mármol hasta el *piano nobile* y luego acceden a un salón comedor que reluce con arañas de hierro forjado y cristal de Bohemia, cuyos caireles de diamante centellean grandes como manzanas.

Estoy reflexionando acerca de cuál será la mejor manera de ingresar a la sala sin ser vista cuando, de pronto, escucho un sonido que paraliza mi corazón: ¡las campanadas de un reloj! Recuerdo las palabras del hombre de anteojos en el sótano del edificio de la calle Viamonte tan claramente como si las estuviese repitiendo ahora mismo: "A las nueve en punto de la noche, nuestro agente disparará su arma. El ruido del disparo será apagado por las campanadas del reloj de pie de la sala".

En un arranque de desesperación y con total imprudencia, salgo de mi escondite tras los arbustos y corro hacia el edificio. Sorteando a los porteros de librea que flanquean la entrada, asciendo la escalera de a dos o tres escalones, cruzo la sala e ingreso al comedor justo a tiempo para ver una pequeña y pálida mano que, desde detrás de una cortina de terciopelo, apunta su revólver hacia la cabeza de la obesa Infanta.

—¡La Infanta! —lanzo un alarido mientras señalo hacia el real personaje.

Paralizada de miedo, puedo ver cómo la mano desaparece al instante detrás de las cortinas. En el comedor, sin embargo, aparentemente nadie ha reparado en la mano ni en el revólver. Las miradas están dirigidas, en todo caso, hacia mí, que permanezco en piyama y con el pelo rojo todo enmarañado, parada en el medio de la sala.

Observo a mi alrededor. Las paredes del salón están realizadas en una espléndida *boiserie* de nogal tallado y pintado de dorado. Todo tiene un aire que remite al siglo XVII en Versalles, sólo que teñido de eclecticismo. Sobre una enorme mesa ovalada, se despliega un suntuoso juego de porcelana alemana color marfil con ribetes decorados a mano por los monjes ciegos de algún monasterio y que alterna con unos primorosos *bouquets* a manera de adornos florales. Una docena de mozos de largo delantal blanco, portando pesadas bandejas de plata llenas de altas y burbujeantes copas de champagne, ha detenido sus tareas para contemplarme.

—Pero, ¿qué hace esta niña acá? —pregunta un hombre de chaqueta negra, posiblemente el *maître*, a los mozos.

Los mozos se miran entre sí sin poder explicarse.

—Es la hija del cocinero. Seguramente se ha introducido en la sala para poder ver de cerca a la Infanta —comenta, al pasar, una mucama con una cofia de encaje.

En la mesa principal, a escasos metros de mí, la Infanta Isabel, enfundada en un vestido rosa de encaje holandés ribeteado de perlas, ha interrumpido su charla con el gallardo hombre de uniforme que está a su lado.

Así, vista de cerca, su Alteza parece aun más petisa que a la distancia.

—Es una niña que ha franqueado la seguridad del palacio con el solo propósito de verla a usted, Majestad —le explica alguien al oído.

La Infanta sonríe con displicencia. De su manga saca un pequeño pañuelito de encaje sobre cuya superficie está bordado el pabellón de Castilla y, extendiéndoselo a uno de los mozos, le hace una seña para que me lo entregue.

Todos los comensales aplauden ante la vista de tan gracioso gesto.

Yo me quedo boquiabierta mirando el pañuelo que el mozo ha depositado en mis manos.

El *maître* le ordena por lo bajo a otro mozo de largos bigotes negros similares a los de un chino que se deshaga de mí de inmediato.

—¿Cómo entraste vos acá? —me pregunta el mozo, visiblemente molesto, mientras me arrastra todo a lo largo de la sala, empujándome hacia la salida.

A medida que soy transportada a través del salón, puedo sentir que se ha restablecido el orden en la sala. El ruido del entrechocar de la vajilla y la cristalería se mezcla con el animado murmullo de las voces. Por todos lados, los ramilletes de personas vuelven a juntarse y reanudan sus alegres conversaciones: los hombres, con sus fracs ingleses con chaleco de piqué blanco, los alfileres de diamante en la corbata y los claveles rojos en la solapa; las mujeres, con exuberantes sombreros, cubiertas de joyas y luciendo ajustados vestidos con mangas abuchonadas y ricos encajes, según las últimas corrientes de la moda francesa.

Escucho una conversación al pasar:

—¿Han visto lo gorda que está la Infanta? —comenta una mujer cuya nariz semeja el pico de un cóndor.

Dos caballeros, acodados sobre una gran chimenea de mármol de Carrara, asienten con los ojos fijos en un fuego que permanece apagado.

—No me extraña en lo más mínimo que, con semejante carácter, el marido haya decidido tirarse por la ventana —comenta, como al pasar, uno que lleva una primorosa rosa color té en su solapa.

Desde la puerta puedo ver que la Infanta continúa ahora su risueña charla con el hombre uniformado, festejando cada tanto sus simpáticas ocurrencias con sonoras carcajadas. Reconozco al personaje por haber visto su retrato en los diarios: se trata del canciller español, quien la ha acompañado en su travesía por estas tierras impredecibles y lejanas.

—¡Vamos! —me ordena el mozo, tironeándome del brazo.

Ya prácticamente en la escalera, escucho al canciller golpetear su copa con algún cubierto.

—¡Atención, atención! La Infanta María Isabel Francisca Cristina Paula hará un anuncio.

Escucho la voz ronca y burlona de la Infanta:

—Quería comunicarles a todos que mañana iremos a comer un asado con cuero a una estancia de General Rodríguez. ¡Estáis todos invitados!

Sus declaraciones son seguidas por una automática y profusa explosión de aplausos.

Pero ya no puedo escuchar más.

Desde fuera del edificio, observo por última vez la descomunal escalera de mármol y las relucientes arañas.

Los guardias de la muralla

Sentada sobre mi cama veo, a través de la pequeña ventana de mi cuarto, el límpido cielo nocturno de Buenos Aires. Seguramente, mañana tendremos otro hermoso día en nuestra ciudad. Desde la calma de mi habitación, los acontecimientos de esta noche me parecen sólo un sueño. De hecho, optaría por creer que fueron únicamente eso de no ser porque puedo ver, tirado en la alfombra, junto a los pies de la cama, el pañuelo de encaje de la Infanta.

Cuando entré en la casa, todo estaba tranquilo. Sin duda, mamá se había ido directamente a acostar luego de su baño, sin haber reparado en mi ausencia.

Escucho fuera del cuarto, en la azotea, los murciélagos que sobrevuelan Buenos Aires por las noches. Golpean contra las paredes de chapa con sus alas desplegadas produciendo un ruido seco, como de pequeños huesos que se quiebran. Se debe ser cuidadoso con estos murciélagos porque, si bien la mayoría no son más peligrosos que los gorriones, algunos de ellos suelen azotar las zonas rurales de la provincia de Buenos Aires chupándoles la sangre a sus presas hasta dejarlas convertidas en meros pellejos desinflados.

Los murciélagos chupasangre se diferencian del resto de

los murciélagos porque tienen cabeza de gato y una cola que sobrepasa, generalmente, el metro y medio de largo.

Mañana iré a buscar a Mirko y le contaré los avatares por los que he pasado esta noche. Sin duda, él me contará acerca de sus propias incursiones en los barcos del puerto. A veces, sin que nadie lo vea, él se mete en alguno de los barcos amarrados en los diques y comienza a fisgonear en el interior recorriendo la proa, las cubiertas, los camarotes, las bodegas. Yo le digo que, algún día, el barco va a zarpar y se lo va a llevar a él adentro. Pero él simplemente me mira y se encoge de hombros.

A la luz de una vela, apoyo el Libro del Fin del Mundo sobre mis rodillas y escribo:

> A veces, por las noches me subo al armario de mi cuarto. Allí arriba hay una puerta que me conduce directamente a la Muralla China.
> Claro que en la China es entonces de día y debo tener mucho cuidado para que no me descubran los guardias que habitan en las altas torres de piedra. Sus párpados han sido cortados para que la vigilancia sea ininterrumpida.
> A veces, cuando paso cerca de una de las torres, simulo ser un campesino más, que avanza en fila llevando su ofrenda de pétalos de amapolas al Emperador. Pero, cuando hago esto, camino realmente temeroso de que los guardias me descubran: los campesinos están todos vestidos con casacas verdes y llevan sombreros cónicos de mimbre. Yo en cambio visto mi piyama y no tengo puesto ningún sombrero.

Luego me duermo, supongo que con la vela prendida.

Extraoficiales

Me despierto al escuchar un profundo timbrazo. Levanto la cabeza sobresaltada. Debo haberme quedado dormida dejando la vela encendida, consumiéndose en el candelabro. Estaba soñando. Soñé que un enorme murciélago chupasangre había arrinconado a la Infanta contra un ombú y la amenazaba, agitando sus alas abiertas de par en par en el aire. De la aterrorizada garganta de la Infanta salía un sonido como el de un profundo timbrazo.

Pero, ¿qué hora es? Observo a través de la ventana. Aún es de noche. La luz de la luna entra en mi cuarto y baña cada uno de los objetos con sus rayos fluorescentes y azulados. ¡Qué extraño! ¿De verdad habrá sonado el timbre o lo habré soñado? Seguro que lo soñé. ¿Quién podría tocar el timbre a estas horas?

El timbre vuelve a sonar con insistencia y, esta vez, estoy casi segura de que estoy despierta.

Me cubro con la manta escocesa que, al acostarme, dejé junto a la cama y me asomo a la escalera. Desde allí puedo ver que alguien enciende la luz del zaguán.

El timbre suena ahora nuevamente, incluso con mayor insistencia que antes.

Observo la sala a través de los barrotes de la escalera. Puedo ver que mamá, ataviada con una bata de flores y apoyándose en su bastón con el mango de cabeza de pato, abre la puerta de calle.

—¡Beltrán! —exclama sorprendida.

El pelo de mamá cae sobre sus espaldas, tan negro y brillante como la noche misma. Es la primera vez que la veo con el pelo suelto. La verdad es que lo tiene incluso mucho más largo y ondeado de lo que yo imaginaba.

¡Es Escudero! ¡Qué extraño, tan avanzada la noche! Lo más curioso es que, al dar él un paso al frente, veo que no ha venido solo: detrás de él hay dos agentes de policía uniformados.

Mamá observa a los hombres. Sus presencias, invasoras y ajenas, saturan nuestro zaguán.

—¿A qué se debe esta visita, Beltrán? ¿Acaso puedo ofrecerles té? —articula, evidentemente confundida.

—Por favor, Martirio, que no estoy aquí de visita sino trabajando en un caso sumamente delicado.

Con su brazo, Escudero aparta a mamá hacia un costado y entra en la casa. Los agentes lo siguen como dos sombras.

—¡Arriba! —exhorta Escudero a sus hombres señalando con el índice extendido hacia algún lugar en el cielo raso.

Los agentes comienzan a subir las escaleras de madera. Aunque evidentemente sólo tienen entre los dos cuatro piernas, parecen tener, en cambio, varios pares. Sus pesadas botas hacen temblar todo el edificio, como si se encontrara al borde del derrumbe, produciendo un efecto similar al del tranvía eléctrico cuando, en su paso por el Paseo de Julio, transita frente a nuestra casa.

¿Adónde se dirigirán? Con sorpresa, observo que los policías se detienen frente a la puerta de la habitación de Gabino.

—¡Ahora! —ordena Escudero.

Abalanzándose contra la puerta, los policías la derriban de un golpe.

Dos minutos más tarde, sacan a Gabino del cuarto a la rastra.

Mamá observa los acontecimientos completamente aturdida.

—Pero, por Dios, Beltrán, ¿qué ha sucedido? —le inquiere a Escudero.

—¿Que qué ha sucedido? ¡Que tu pensionista ha intentado atentar esta noche nada menos que contra la Infanta Isabel de España! De no ser por el pronto accionar de mis hombres, quién sabe lo que podría haber pasado.

Mamá queda estupefacta.

—¡Un atentado contra la Infanta! —se hace eco de las palabras de Escudero.

Inmediatamente se santigua intentando ahuyentar de su mente una idea tan horrible.

Si bien hasta el momento me había limitado a observar la escena con una extraña mezcla de curiosidad y de pánico, al escuchar semejante calumnia acerca de Gabino me abalanzo escaleras abajo y enfrento a Escudero.

—¡Pero no fue Gabino! ¡Fue Magnolia! —le grito, roja de indignación.

Ni mamá ni Escudero parecen escuchar mis palabras.

—Como bien sabes, Martirio, esta noche yo me encontraba de guardia en el Palacio D'Orsay, en un importante despliegue de seguridad montado con motivo del arribo de la Infanta. Mis hombres y yo estábamos apostados en el perímetro exterior del palacio y desde nuestros puestos velábamos por la tranquilidad de la Infanta y del resto de tan ilustres invitados.

"De pronto, unas sombras sospechosas cruzaron el parque. Las seguí con cautela y observé que se detenían bajo un ombú. Luego, escuché un ruido sordo, similar al de un disparo. Las sombras se agitaron y se perdieron entre los arbustos. Toqué el silbato para advertir a mis hombres. Para cuando me acerqué al ombú, sin embargo, ya no había nadie allí. De pronto, un singular brillo plateado y fugaz me llamó la atención desde los canteros de flores. ¡Enganchado en una heliconia encontré este llavero!

¡Escudero comienza a blandir en el aire nada menos que el llavero de nuestra casa! Mi corazón se paraliza. ¿Será que Magnolia en su huida dejó caer sin darse cuenta el llavero? ¿O será, en cambio, que se me habrá caído el mío?

Escudero continúa:

—En seguida me puse a recordar. ¿Dónde había yo visto antes este llavero?

Despliega, acto seguido, una reflexión acerca de la manera en que la memoria se convierte en el arma más preciada de un policía, en especial en tierras en las que, al igual que en los tiempos del coloniaje, aún no se guardan ni registros vecinales, ni padrones en que se inscriban los casamientos, ni los domicilios, ni los nombres de los habitantes y en donde se ignora el movimiento de la población, en especial la entrada y salida de extranjeros.

—La cuestión es que en mi cabeza se sucedían las ideas como las vertiginosas imágenes que pasan frente a los ojos cuando uno está arriba de una calesita. B y E. Beltrán Escudero. ¡Precisamente mis propias iniciales allí plasmadas en metal, delante de mis ojos! ¿Se trataba de una siniestra broma? De pronto, un pensamiento alcanzó mi cerebro con la contundencia de un rayo: ¡Banco de España! ¡Pero claro, es el llavero de la casa de Martirio!, pensé. Pero, ¿cómo diablos...? ¿De qué manera ha podido llegar hasta aquí este llavero? Otro rayo traspasó mi cerebro y finalmente se hizo para mí la luz: ¡el pintor! ¡Qué estúpido había sido! ¿No había estado yo mismo advirtiéndote sobre el potencial peligro que implicaba la cercanía de este anarquista desde hace meses? ¡Tú misma nos habías comentado que le permitías portar el llavero de tu casa!

—Pero, ¿no podría haber llevado allí el llavero alguna otra persona? ¿No podría Gabino, quizás, encontrarse allí por algún motivo completamente inofensivo?

—No seas ingenua, Martirio. No se trata en este caso ni de un borracho de los que abundan por la zona, ni de algún criollo pendenciero que ha salido a molestar con su navaja. Estamos aquí frente a un complot de nivel internacional. Ahora mismo me llevo conmigo esta carta de extraños caracteres que he hallado en la habitación del sujeto. Sin duda se tratará de un mensaje secreto de los revolucionarios. También he descubierto entre sus pertenencias un telegrama escrito en un idioma desconocido y un block con complicados planos y diagramas que servirán, seguramente, para la construcción de artefactos explosivos.

Escudero blande en el aire el block de notas de Gabino junto al telegrama de Vollard y una hoja de papel que puedo reconocer en seguida como la carta de Max anunciando el interés del marchand por las pinturas de nuestro inquilino y que, para Escudero, constituyen pruebas inequívocas de su culpabilidad.

—¿Gabino, un anarquista? ¡Qué sorpresa más desagradable! ¡Quién iba a creerlo, un hombre tan refinado! ¡Qué necia he sido y qué imprudente! ¡Ahora en qué lío me he metido!

Escudero asiente llevándose la mano a la barbilla. De pronto, con una extraña mirada, constata que los hombres que han conducido a Gabino fuera de la casa se encuentran ya lo suficientemente lejos y, cambiando su tono de voz, le comenta a mamá, como en un aparte:

—Evidentemente, comprenderás lo delicado de la situación, Martirio. Te pido que guardes silencio y no hables con nadie de lo que ha pasado esta noche. Mis superiores me habían advertido que se llevarían hoy a cabo atentados anarquistas. Pero, ¡imagínate cómo quedaría en mi foja de servicios el hecho de que quien intentó atentar contra la Infanta se alojaba ni más ni menos que en la casa de mi propia cuñada! Como te darás cuenta, deberé manejar esta situación en forma extraoficial.

—Pero, ¿cómo?, ¿qué será de Gabino? ¿Adónde lo llevan ahora tus hombres?

—Mis hombres lo conducen ahora mismo al "Marañón", un barco que, como ya me he encargado de averiguar, está a punto de zarpar rumbo al Amazonas. Lo dejarán allí encerrado en un camarote y, en un par de semanas, se encontrará muy lejos de aquí, en el medio de la selva ecuatorial.

—¡Gabino es inocente! ¡Fue Magnolia quien atentó contra la Infanta! —protesto sin la menor esperanza de captar su atención.

Gabino se dispone a salir de la casa.

—¡Yo también estuve esta noche en el palacio! —grito, en un último y desesperado intento.

—¿Qué hace acá esta chica? —demanda Escudero, quien parece reparar en mi presencia por primera vez en la noche.

—Ángela, por Dios. Vete a tu cuarto que no son éstas horas para que una niña de tu edad ande dando vueltas por la casa.

Irremediablemente vencida, vuelvo a la azotea y me asomo por la baranda hacia la calle. Desde donde estoy, puedo ver que Gabino, conducido por dos policías, mira hacia atrás y hacia los costados. Medio dormido todavía, no alcanza a comprender nada de lo que está ocurriendo. Permanece incluso vestido solamente con una larga y gruesa camiseta de frisa. Los hombres de Escudero no le han dado tiempo ni siquiera para cambiarse.

—¡Magnolia! ¡Magnolia! ¿Dónde se habrá metido esta chica?

Mamá, que se ha asomado a la calle buscando a Magnolia para que se encargue de cerrar la puerta y apagar las luces, recuerda de pronto que es su noche libre.

La bóveda celeste donde brillan
un millón de estrellas coloradas

Asomada desde lo alto, en la azotea, veo la noche que se cierra sobre la ciudad. El cielo nocturno está límpido y oscuro. Estaría negro, de no ser por esa enorme luna llena que platea los techos de chapa y convierte al río en un resplandeciente charco de barro.

La luna y esa otra gran bola de fuego que cruza la noche y, a manera de estela, deja tras de sí una larga cola formada por dorado polvo intergaláctico. El Halley. Me pregunto si el cometa se estrellará finalmente contra la luna. Me pregunto si el cielo se cubrirá con una lluvia de fuego y si las ardientes lenguas ígneas caerán sobre Buenos Aires. No sé si el cometa terminará, como muchos afirman, con la vida en esta tierra. De lo que sí estoy segura es de que el fin del mundo comenzará en estas pampas.

A las tres de la mañana, las calles del Bajo están prácticamente desiertas. Quizá por eso me extraña ver esa pequeña figura vestida de blanco que cruza el Paseo de Julio y se dirige en línea recta rumbo a los corralones del puerto. Observo con más detenimiento. ¡Pero si es nada menos que Magnolia! Avanza por el empedrado con los ojos fijos en la nada y las manos extendidas hacia adelante. Cruza la plaza, pasa junto a la estatua de Mazzini y sigue de largo hasta perderse en la oscuridad de la noche.

Al verla, mi primer impulso es el de salir corriendo tras ella y convencerla de que confiese y se entregue a la policía. Después de todo, ¿qué clase de persona dejaría que otro pagara el precio de sus propias culpas? Por otra parte pienso: ¿y si está sonámbula y la despierto? Gorman había comentado que, en ocasiones, los sonámbulos agredían a las personas que intentaban despertarlos. ¿Y si Magnolia aún conserva consigo la pistola? Es posible, incluso, que dispare contra mí.

Pero, además, ¿será Magnolia realmente sonámbula? ¿No será que la habrá picado de niña un insecto chaqueño? Como aquellas moscas que, recuerdo, ella misma había comentado que existían en su tierra natal y que mataban a las personas con su picadura. Quizá las víctimas se iban paralizando gradualmente y esto les afectaba el cerebro de la misma manera que si se fueran quedando dormidas.

De pronto, una imagen viene a mi mente: recuerdo aquella vez en la que Mirko y yo asistimos a un acto de hipnotismo en el circo de los hermanos Ledoux. La mujer se quedaba dormida, levitando en el aire. Una vez leí en una revista que, mediante determinadas técnicas de hipnosis, se podía llegar a inmovilizar a las personas durante días. También se podía llegar a provocar que quedaran como autómatas, como muertos en vida, entrenándolos para obedecer cualquier tipo de órdenes. El artículo de la revista además hablaba de un fenómeno conocido como "inducción post hipnótica", o sea, órdenes dadas a un individuo cuando éste está hipnotizado para que las cumpla una vez que ya ha salido de su estado hipnótico. Por ejemplo, citaba el caso de una persona a la cual le había sido ordenado que, cada vez que escuchara la frase: "¿Qué opina usted al respecto?", se pusiera en cuatro patas y maullara como un gato.

El fenómeno de la hipnosis era ya conocido por Plinio, Galeno y Aristarco. Paracelso atribuía sus efectos a un fluido que emanaba de las estrellas. En épocas más recientes, el hipnotismo fue, en cambio, comparado con el magnetismo de los minerales: así como estos últimos son sometidos a poderosas fuerzas de atracción por parte de otros minerales, los hombres también serían proclives a ser sometidos al poder y la atracción de otros hombres.

Personalidades como el Marqués de Puysegur, James Braid o el mismo profesor Svengali habían experimentado con "el segundo yo" de los sonámbulos o con el fenómeno de los "sueños artificiales". En el artículo se citaba, incluso, un caso ocurrido en Francia, que había suscitado una fuerte polémica. Un hombre había aniquilado a su familia a hachazos bajo los efectos de la hipnosis. Las autoridades se preguntaban si alguien que comete un crimen en esas circunstancias era legal y moralmente responsable de sus actos.

¿Y si le hubieran hecho algo así a Magnolia? ¿Si le hubieran implantado la orden post hipnótica de disparar el arma al escuchar que sonaba el reloj de pie de la sala, en el Palacio D'Orsay?

El aullido de la sirena de un barco estremece la noche. ¿Será el barco en el cual han metido a Gabino? Pienso que dentro de pocos días él estará en el Amazonas entre boas constrictoras e indios jíbaros, entre cerbatanas envenenadas y hombres-gatos de la tribu matis, entre macacos y victorias-regias. ¡Qué destino más curioso! Gabino había dicho que Buenos Aires no se parecía a París sino a un desierto de arenas movedizas del cual no solamente es imposible salir sino que, además, uno se va hundiendo de a poco. En aquel entonces, yo no entendí el significado de sus palabras. Pero creo que ahora estoy comenzando a comprenderlo.

En el Paseo de Julio dormitan los gomeros y las araucarias, las palmeras y los ceibos. Mañana Buenos Aires seguirá, como si nada hubiese ocurrido, con su estipulado programa de festejos. La risueña Infanta de España será trasladada a General

Rodríguez y allí comerá un opulento asado con cuero junto a la comitiva de invitados. Eisman repartirá su leche, Gorman atenderá a sus pacientes hipocondríacos, mamá se quedará en la sala leyendo acerca de los festejos en el diario.

Luego de una noche plena de extraordinarios sucesos, abro la puerta de mi habitación y me dispongo a acostarme.

Pero al abrir la puerta, percibo algo de lo más extraño: no estoy en mi cuarto sino en la superficie de la luna. La bóveda celeste, vista desde aquí, es de color negro intenso y sobre ella brillan un millón de estrellas coloradas. Puedo ver que cientos de soldados selenitas están trabajando en las minas de plata lunares extrayendo lingotes que usarán luego como ladrillos para construir una Gran Muralla. Todos ellos utilizan unas escafandras de vidrio que son como globos que cubren sus cabezas. Todos son pelirrojos.

Los soldados hacen reverencias a mi paso:

—¡Ojalá Su Alteza Real sobreviva al Sol quinientas lunas! —me saludan.

En el horizonte se contornea una cadena de verdes montañas veteadas de oro entre las cuales sobresale el volcán Tycho, que vomita sin cesar continuos rayos luminosos que cruzan el firmamento como esplendorosos fuegos artificiales.

Continúo mi camino y llego a la fortaleza de una antigua ciudad desmantelada, con sus puentes y avenidas y sus acueductos fantasmas. Prosigo. Llego a un desierto por el cual se pasean pavos reales, carneros de cuernos de marfil y corzos blancos y también gallardos guerreros selenitas montados en los lomos de altos hebdomadarios de atractivo pelaje colorado. Más allá, está el Océano de los Néctares. Avanzo y me encuentro en un enorme campo sembrado de amapolas donde un conjunto de bailarinas balinesas danza escenas del *Ramayana*. Junto a ellas, puedo ver a un frenético grupo de derviches girantes.

De pronto, uno de los derviches se me acerca y me dice:

—Una noche de luna llena, Crisantemo de Jade volvía a su hogar cargando agua en un viejo y pesado cubo de madera. El fondo del cubo se desprendió debido al peso del agua. Crisantemo de Jade miró el cubo vacío y exclamó: ¡Ya no hay agua en el cubo, ya no hay luna en el agua!

Y luego se aleja de mí y yo me quedo pensando en qué es lo que habrá querido decirme.

ÍNDICE

Lunas eléctricas para las noches sin luna 9
La gran muralla de plata que defiende mi reino 13
Pintura moderna 21
Eclipse de mano 26
El espolión 31
La eterna explotación de los infelices
   por parte de los felices 37
Ruidos que nadie escucha, colores que nadie ve 42
De carneros con cuernos de marfil y corzos blancos 47
La princesa de la pagoda del arco iris 51
Relatividad y cuarto estado de la materia 56
Pájaros autómatas 59
Mismo océano, diferentes peces 62
Tomando el té con la princesa Baden-Durlach 65
Los habitantes de la Tierra se obstinan en ver
   palabras escritas en todos lados 69
¿Para qué cae la lluvia si no es para sacarle el polvo
   a las plantas? 73
El ataque del tero asesino 78
La vaca que cayó del cielo 82
La cartografía de los sueños 86

Montada sobre un pegaso de éter incandescente 91
El Mapa Selenográfico de Beer y Moedler 96
El idioma de los pájaros 99
La perla perdida del Rey de los Colores 102
La memoria es como un cielo en el cual sobresalen
    los recuerdos como estrellas luminosas 104
La época en la que en el cielo aún no había luna 107
Delfina y Narda 115
Si el buey retrocede, caerá en el pozo; si avanza,
    será decapitado 119
Aplastados por el Divino Brazo Celeste 122
El monumento al galope eternamente congelado 126
El emperador de las Islas Verdes 129
Flotando entre burbujas azules 132
Comentarios reales 135
Los guardias de la muralla 141
Extraoficiales 143
La bóveda celeste donde brillan un millón de
    estrellas coloradas 149

Esta edición de 2.000 ejemplares
se terminó de imprimir en
Kalifón S.A.,
Humboldt 66, Ramos Mejía, Bs. As.,
en el mes de agosto de 2004.